P wie POLITIK
GEMEINSCHAFTSKUNDE

4

Herausgegeben von Xaver Fiederle

Autoren:
Heinz-Werner Brandes,
Rita Haller, Hansjörg Kaiser,
Ronald Kotterer,
Janine Regel-Zachmann

Best.-Nr. 24383 7

Verlag Ferdinand Schöningh

Website
www.schoeningh.de

E-Mail
info@schoeningh.de

Gedruckt auf umweltfreundlichem chlorfrei gebleichten Papier.

(Verlag Ferdinand Schöningh, Jühenplatz 1, D-33098 Paderborn)

Printed in Germany. Gesamtherstellung: Ferdinand Schöningh, Paderborn.

Druck 5 4 3 2 1 Jahr 05 04 03 02 01

ISBN 3-506-24383-7

Dieses Werk folgt der reformierten Rechtschreibung und Zeichensetzung. Ausnahmen bilden Texte, bei denen künstlerische, philologische oder lizenzrechtliche Gründe einer Änderung entgegenstehen.

Inhalts Raster

Verwirklichung und Sicherung der Demokratie

Inhalts Raster

Inhalts Raster

Verwirklichung und Sicherung der Demokratie

Freiheit ist nicht selbstverständlich

Es war einmal in einer Zeit, als das Wünschen noch geholfen hat. In einem Land, das sich regieren ließ von Männern, die das Volk sich selbst erwählte. Gerecht ging es zu für jedermann und niemand musste hungern. Die Dörfer wählten Räte und Bürgermeister, die Städte Stadträte und Oberbürgermeister. Das Volk bestimmte zudem, wer künftig das Land regieren sollte für eine gewisse Zeit. Und Richter sprachen Recht, an das sich jeder hielt. Das Volk vertraute darauf, denn es hatte eine Verfassung, in der die Menschenrechte nachzulesen waren.

Doch bald kamen Stimmen auf, die die Regierenden der Eigensucht bezichtigten, der Lüge und der Korruption. Als dann die Ernten schlechter wurden, mehrten sich diese Stimmen. Diejenigen im Volk, die nur wenig hatten, fühlten sich von ihren Vertretern beraubt. An einem Tag dann brach sich der Unmut Bahn. Die Mutigsten und die Zornigsten des Volkes stürmten die Parlamente, Ämter und Ministerien und setzten ihre Vertreter vor die Türen der Macht. Dann kamen sie zusammen und beschlossen, die Politik sei von diesem Tag an abgeschafft. In den Städten und Dörfern des Landes feierte das Volk. Es legte die Arbeit nieder und fuhr über Land um woanders weiterzufeiern. Nach acht Tagen hatte sich die erste Freude gelegt und das Volk ruhte aus, kühlte die brennenden Köpfe. Als es erwachte, brannte die Sonne hinab auf die Abfälle der großen Feier, die vor jedermanns Türen lagen. Die Fliegen und die Ratten allein feierten weiter. Die Straßen aber waren beschädigt von den vielen Reisen der letzten Tage. Da krempelte das Volk die Ärmel auf und machte sich ans Werk. Ein jeder verbrannte den Müll, wo er gerade lag und niemand tat ihnen Einhalt. Und jeder reparierte die Straßenmeter vor der eigenen Tür, doch die Wege zwischen den Dörfern und Städten kümmerten niemanden mehr. Bald konnten die Waren, die zum Handel nötig waren, nicht mehr geliefert werden; sie verdarben auf den zerstörten Straßen und Wegen. Da beschlossen die Städte und Dörfer Wegemeister zu ernennen, die die Straßen auf halbem Wege zum nächsten Ort betreuen sollten. Und sie ernannten Müllmeister, die den wilden Müllbrand künftig verhindern sollten. Bald holten sich die Wegemeister Steuereintreiber um den Straßenbau bezahlen zu können. Die Müllmeister schufen sich eine eigene Polizei um ihren Anordnungen den nötigen Respekt zu verschaffen. Und bald hatten die Wegemeister und die Müllmeister mit ihren Steuereintreibern und Polizisten die Macht im Lande und setzten alles durch zum eigenen Wohl. Und sie bekämpften einander und trugen den Bürgerkrieg ins Land. Das Volk aber musste bluten. Die Menschen lebten in Angst und Schrecken. Niemand getraute sich etwas zu sagen. Wer etwas gegen die Mächtigen sagte, wurde abgeholt, gefoltert und manchmal auch ermordet.

Doch als die Ernte schlechter wurde und das Bluten unerträglich, erhoben sich die Zornigsten und Verzweifeltsten unter ihnen, stürmten die Trutzburgen der Unterdrücker und warfen sie über die Mauern. Und es war Frieden im Land. Doch als der Morgen des nächsten Tages kam, schlugen die Helden von gestern Aufrufe an alle Mauern des Landes: Sie, die das Volk von den Unterdrückern befreit hätten, seien berufen die Geschicke des Volkes zu lenken. Sie erließen Dekrete, lenkten und bestimmten und das Volk jubelte ihnen zu. Vergessen schienen die Qualen. Doch eine Verfassung gab es nicht, die die Menschen schützen konnte. Und schon bald war es wieder so weit. Niemand traute sich etwas zu sagen. Selbst in den Familien herrschte Misstrauen untereinander. Es kam vor, dass Familienmitglieder andere angezeigt hatten und dann stand nachts die Geheimpolizei vor der Tür.

Doch eines Tages, als die Ernte schlechter wurde und der Alltag grau, erhob sich das Volk ein drittes Mal. Viele Steuereintreiber und Polizisten schlugen sich auf die Seite der Rebellion. Und die Paläste wurden gestürmt und die Machtinhaber über die Straßen geprügelt.

Dann setzten sich besonnene Männer zusammen und beratschlagten, was nun zu tun sei.

(Text überarbeitet nach: Bernd Eichmann; aus: PZ 70/1992, Seite 19)

1. Welche Regierungsformen werden im Text beschrieben?
2. Wer übt in der jeweiligen Regierungsform die Macht aus?
3. Zunächst befürwortet das Volk die jeweilige Regierungsform. Doch das ändert sich aus folgenden Gründen ...
4. Wie wird es weitergehen? Gesucht ist eine neue Regierungsform, die einen Machtmissbrauch verhindert. Auch die Frage der Staatsform ist zu beantworten.

Staatsform:
Die Staatsform bestimmt sich nach dem Staatsoberhaupt. Über die jeweilige Regierungsform wird dabei wenig ausgesagt.

Monarchie:
Staatsoberhaupt entstammt dem Adel. Das Staatsoberhaupt repräsentiert sein Land. Durch Erbfolge geht das Amt auf einen Nachfolger über.

Republik:
Staatsoberhaupt ist ein gewählter Bürger. Als Staatsoberhaupt repräsentiert er sein Land. Das Staatsoberhaupt übt das Amt auf Zeit aus, bis ein Nachfolger gewählt wird.

Regierungform:
Hier wird gefragt, wer die Macht im Staate ausübt. Heute stehen sich zwei gegensätzliche Regierungsformen gegenüber.

Demokratie:
Durch Wahlen bestimmt das Volk seine Vertreter. Diese erlassen im Namen des Volkes Gesetze, die für alle Bürger gleich gelten, an die sich alle gleich zu halten haben. Die Verwaltung muss sich an die Gesetze halten. Gerichte sprechen Recht unter Beachtung geltender Gesetze. Maßstab für alle Gesetze sind die in einer Verfassung festgeschriebenen Grundsätze des Rechtsstaates, insbesondere die Beachtung der Menschenrechte.
Die Demokratie ist heute meist mit der republikanischen Staatsform verbunden (z.B. Deutschland); aber auch eine Monarchie kann demokratisch sein (z.B. England).

Diktatur:
Unbeschränkte Macht eines einzelnen Menschen oder einer kleinen Gruppe. Der Machthaber bestimmt, was Recht und Unrecht ist; seine Anordnungen sind kaum kontrollierbar. Die Menschenrechte und die Grundsätze des Rechtsstaates werden meist nicht beachtet.
Viele solcher Diktaturen tragen oder trugen den Namen Republik (z.B. die ehemalige UdSSR).

Art. 1 GG (1) Die Würde des Menschen ist unantastbar. Sie zu achten und zu schützen ist die Verpflichtung aller staatlichen Gewalt. (2) Das Volk bekennt sich darum zu unverletzlichen und unveräußerlichen Menschenrechten als Grundlage jeder menschlichen Gemeinschaft … (3) Die nachfolgenden Grundrechte binden Gesetzgebung, vollziehende Gewalt und Rechtsprechung als unmittelbar geltendes Recht.

1. FDGO bedeutet …
2. Die Grundrechte spielen bei uns eine wichtige Rolle, denn …
3. Die FDGO schreibt vieles fest:
   a) ……
   b) ……
   c) ……

Frei sein …

Für uns heute eine Selbstverständlichkeit: frei sein zu sagen, was wir denken; frei sein zu lernen, was uns liegt; frei sein unter Parteien und Bürgern wählen zu dürfen, die unsere Interessen vertreten. Damit uns diese und andere Freiheiten nicht genommen werden können, garantiert uns das Grundgesetz die freiheitlich demokratische Grundordnung, die FDGO.
Bei uns bestimmt das Volk durch Wahlen. Das Volk entscheidet, wie sich die Parlamente zusammensetzen und welche Partei auf Zeit an der Regierung beteiligt sein soll. In gewissen Zeiträumen müssen sich die Parteien wieder zur Wahl stellen und um die Gunst des Wählers werben.
Die Parlamente verabschieden die für uns alle gleich geltenden Gesetze. Dabei müssen diese Gesetze im Einklang mit unserer Verfassung stehen, müssen die Grundrechte beachten, garantieren Freiheit und Gleichheit vor dem Gesetz. Die jeweilige Regierung setzt durch die Verwaltung den Willen des Gesetzgebers in die Tat um. Dabei muss sie den Auftrag des Gesetzes beachten.
Jeder Bürger hat das Recht unabhängige Gerichte anzurufen, wenn er meint in seinen Rechten verletzt worden zu sein. Die Gerichte überprüfen sowohl Gesetze als auch Verwaltungshandeln auf deren Übereinstimmung mit dem Grundgesetz.

FDGO – Grundrechte – FDGO – Grundrechte – FDGO

Die Bürgerschaft

Eine **Vision** von Hildegard Hamm-Brücher:
Wenn man bedenkt, dass weniger als vier Prozent unserer Wahlbevölkerung Mitglieder von politischen Parteien und von diesen bestenfalls ein Viertel innerparteilich aktiv sind, dann sind das schon beunruhigend wenig Bürger. Und was ist das für eine **repräsentative Demokratie**, die von nur einer hauchdünnen **Parteienoligarchie** bestimmt wird?
Etwa sechsmal so viele Bürger engagieren sich außerhalb der Parteien. Das wären dann immerhin über zwanzig Prozent aller Bürger. Dennoch, die Unterschiede zwischen aktiven und passiven Bürgern sind auffällig und für die **Legitimation** eines von Bürgern getragenen demokratischen Gemeinwesens keinesfalls befriedigend.
Wie aber ließe sich das politische Fundament des Gemeinwesens festigen?
Es gibt vielfältige Ansätze der Verdrossenheits- und Zuschauerdemokratie entgegenzuwirken, wie zum Beispiel durch die Bürgergesellschaft. Obwohl ihr Wirken im Staats- und Parteiengefüge nicht immer geliebt, gelegentlich gefürchtet, nur selten dankbar anerkannt wird, ist sie sichtlich im Kommen und trägt in vielen Bereichen bereits zur Stärkung unserer Demokratie bei. Bürger gründen **Initiativen** mit sozialen, ökologischen, kommunalen, kulturellen Zielen, ohne darum gebeten zu werden.
Diese demokratische Bürgergesellschaft birgt enorme Erneuerungsmöglichkeiten. Ehrenamtliches Bürgerengagement ist nämlich durch und durch förderlich. Es verharrt, auf welchem Felde, in welcher Lücke oder Nische auch immer es stattfindet, nicht im Protest; es ist eine Quelle sachkundiger Erneuerungen, das Talente für Organisation, Konzeption und Aktion weckt. Es vermag an sozialen Brennpunkten erste und neuartige Hilfe zu leisten, lässt **Solidarität** in neuen Formen für alle Beteiligten erfahrbar werden. Die wichtigste Wirkung ist aber diese: Gemeinsames Engagement schafft Zusammenhalt, und Zusammenhalt begründet demokratisches Verständnis.
(Text leicht verändert aus: Die Zeit, Nr. 40 vom 24. 9. 1998)

- **Vision:** Erscheinung vor dem geistigen Auge
- **repräsentative Demokratie:** Die Interessen des Volkes vertretendes Regierungssystem
- **Parteienoligarchie:** Oligarchie: Herrschaft einer kleinen Gruppe
- **Legitimation:** Rechtmäßigkeit
- **Initiativen:** Zusammenschlüsse von Bürgern um einen gemeinsamen Zweck zu verfolgen
- **Solidarität:** Zusammengehörigkeitsgefühl

1. Den Text mit den Begriffserklärungen erarbeiten:
   a) Was beklagt Frau Hamm-Brücher?
   b) „Immerhin", würde sie sagen, denn …
   c) Wie sieht ihre Bürgergesellschaft der Zukunft aus?
2. Die Bilder und Karikaturen zeigen Aspekte der Bürgergesellschaft.

„Los! Tu mal etwas für mich!"

1. Beispiele für Engagement im privaten Bereich sind ...
2. Engagement bedeutet ...
3. Von einer Bürgergesellschaft wird gesprochen ...
4. „Viele Köche verderben den Brei", sagt man. Deshalb: „Man soll es ruhig den Politikern überlassen, sich dem Gemeinwohl zu widmen." Meine Meinung!!!

Gemeinsam stark sein

Wer sich in seiner Umgebung aufmerksam umsieht, wird feststellen, dass sich die Bürger oft in hohem Maß engagieren um ihr Umfeld angenehm zu gestalten. Mancherorts werden private Spielgruppen gegründet, Spielplätze gebaut oder verbessert, Nachbarschaftshilfe wird groß geschrieben und Fahrgemeinschaften sind an der Tagesordnung. Bürger helfen sich gegenseitig und engagieren sich füreinander.

Was für den privaten Bereich gilt, sollte auch für die Politik nicht ausgeschlossen werden. Wir leben in Gemeinden, Städten, Bundesländern, in der Bundesrepublik und in der Europäischen Union. In Abständen werden die Bürger zur Wahl gerufen und entscheiden so, welche Partei und welche Abgeordneten ihre Interessen vertreten sollen. Politisches Engagement bedeutet aber mehr als immer nur alle paar Jahre eine Stimme abzugeben. Für eine Bürgergesellschaft ist es wichtig, dass sich die Bürger immer wieder aktiv in die Politik einmischen. Da bietet sich die Mitarbeit in Parteien geradezu an.

Aber in einer Bürgergesellschaft bestimmen nicht nur die Parteien. Die Bürger können sich auch in Bürgerinitiativen und Vereinen engagieren. Gemeinsam verfolgen sie ihre Interessen, gemeinsam gestalten sie ihr Umfeld. Je mehr Bürger sich in die Gemeinschaft einbringen, umso wohler fühlen sich alle. (Vgl. auch S. 18/19).

Viele Wege führen zu einer Abschlussfahrt

Einer

Für Herrn Schmidt keine Frage: Er bestimmt allein, wohin es geht. Er ist auch für das Programm verantwortlich und lässt keinen mitreden. Das hat viele Vorteile, da es schnell geht und die Klasse nicht ewig über das Ziel und das Programm diskutiert. Auch weiß Herr Schmidt aus seiner Erfahrung heraus, wie ein Programm gestaltet werden muss, das möglichst vielen Schülern Spaß macht. Da er alleine alles regelt, gibt es auch kaum Streit in der Klasse. Beschwerden richten sich nur an ihn. Er regelt dann die Probleme von Fall zu Fall.
Schwierig wird es immer nur dann, wenn viele Schüler nicht mit den Entscheidungen von Herrn Schmidt einverstanden sind. Dann braucht es Überredungskunst und auch manchmal „heilsamen Zwang", wie es Herr Schmidt gerne nennt, denn:

Was für alle gut ist, kann auch einer entscheiden.

Viele

Bei Frau Müller-Herbst sieht es anders aus. Sie befragt die Schüler zu ihren Wünschen, bringt aber auch ihren eigenen Vorschlag ein. In Gruppen werden Programmpunkte und Finanzierungsvorstellungen entwickelt.
Danach werden die Gruppenvorschläge diskutiert. Um nicht endlos das Für und Wider zu erörtern wird die Diskussion zu einem bestimmten Zeitpunkt abgebrochen und es wird abgestimmt. Die Mehrheit entscheidet und die Minderheit trägt den Entschluss mit, denn:

Was für alle gut ist, entscheidet die Mehrheit.

Alle

Für Frau Möller ist klar: entweder alle oder keiner. Was alle betrifft, sollen auch alle entscheiden. Jeder Schüler ist aufgerufen sich zu informieren und die Vorschläge der Klasse zu unterbreiten. Die einzelnen Vorschläge werden von der ganzen Klasse diskutiert. Alle Vor- bzw. Nachteile werden besprochen.
Dies dauert zum Teil sehr lange. Es ist auch schon vorgekommen, dass eine Fahrt ausfiel, weil die Klasse sich nicht einigen konnte. Auch darf niemand abspringen, d.h. das, was alle wollen, müssen dann auch alle mitmachen. Frau Möller vertraut darauf, dass es so während der Abschlussfahrt keine Probleme gibt. Und wenn doch, dann werden wieder alle sich um eine einvernehmliche Lösung bemühen, denn:

Was für alle gut ist, dem müssen alle zustimmen.

1. Die Vorteile bzw. Nachteile der einzelnen Planungen sind:
2. Für die Klasse ist die Planung von .... am sinnvollsten, weil ...
3. Aber: Sollte nicht die Klasse entscheiden, wie entschieden wird?
4. Das Prinzip E – V – A lässt sich wie folgt erklären: ...

Art. 42 GG (1) Der Bundestag verhandelt öffentlich. Auf Antrag eines Zehntels seiner Mitglieder oder auf Antrag der Bundesregierung kann mit Zweidrittelmehrheit die Öffentlichkeit ausgeschlossen werden. …

(2) Zu einem Beschlusse des Bundestages ist die Mehrheit der abgegebenen Stimmen erforderlich, soweit dieses Grundgesetz nichts anderes bestimmt.

Art. 63 GG (1) Der Bundeskanzler wird auf Vorschlag des Bundespräsidenten vom Bundestage ohne Aussprache gewählt.

(2) Gewählt ist, wer die Stimmen der Mehrheit der Mitglieder des Bundestages auf sich vereinigt. …

Art 79 GG (1) Das Grundgesetz kann nur durch ein Gesetz geändert werden, das den Wortlaut des Grundgesetzes ausdrücklich ändert oder ergänzt. …

(2) Ein solches Gesetz bedarf der Zustimmung ??? der Mitglieder des Bundestages und ??? der Stimmen des Bundesrates.

(3) Eine Änderung dieses Grundgesetzes, durch welche die Gliederung des Bundes in Länder, die grundsätzliche Mitwirkung der Länder an der Gesetzgebung oder die in den Artikeln 1 und 20 niedergelegten Grundsätze berührt werden, ist unzulässig.

Art. 54 GG (1) Der Bundespräsident wird ohne Aussprache von der Bundesversammlung gewählt. …

(6) Gewählt ist, wer die Stimmen ??? der Mitglieder der Bundesversammlung erhält. …

In den Artikel 79 und 54 des Grundgesetzes fehlen die Angaben zu den Mehrheiten. Welche Mehrheiten sind hier einzusetzen? Handelt es sich um wichtige Entscheidungen, die einer besonderen Mehrheit bedürfen, oder reicht eine relative Mehrheit? Die Lösung findet man im Grundgesetz.

1. Mehrheitsprinzip bedeutet …
2. Minderheitenschutz verlangt …
3. Angenommen, bei einer Bürgermeisterwahl gehen nur 55 % der Wahlberechtigten zur Wahl. Bei der Wahl erhält ein Kandidat 51% der abgegebenen Stimmen. 49% haben sich gegen ihn entschieden. Ist das eine demokratische Entscheidung?

Jede Stimme zählt

Schön wäre es, wenn wir uns immer einig wären, wenn alle hinter allen Entscheidungen stünden. Doch Demokratie lebt von der Vielfalt, lebt von unterschiedlichen Ansichten. Allerdings müssen in einer Demokratie auch Entscheidungen getroffen werden. Das heißt, dass Mehrheiten entscheiden. Das bedeutet aber auch, dass die unterlegene Minderheit die Mehrheitsentscheidungen mitträgt.

Von einer einfachen oder relativen Mehrheit wird gesprochen, wenn mit den meisten Stimmen entschieden wird, auch wenn das weniger als die Hälfte sind. (Z.B.: Angenommen, Partei A bekommt bei einer Wahl 40% der Stimmen, Partei B 35% und Partei C 25%; dann hat Partei A gewonnen, obwohl die beiden anderen zusammen mehr Stimmen haben.) Bei absoluten Mehrheiten wird mit mehr als der Hälfte der Stimmen beschlossen. Von einer qualifizierten Mehrheit wird gesprochen wenn z.B. eine 2/3-Mehrheit der abgegebenen Stimmen benötigt wird.

Trotz des Mehrheitsprinzips gilt es in einer Demokratie auch den Minderheitenschutz zu wahren. Die bei Abstimmungen unterlegene Minderheit hat weiter das Recht, für ihre Ansichten und Überzeugungen zu werben um vielleicht zu einem späteren Zeitpunkt dafür eine Mehrheit zu finden.

War es z. B. vor dreißig Jahren nur eine Minderheit, die sich für die Umwelt einsetzte, so findet sich heute der Gedanke des Umweltschutzes sogar im Grundgesetz verankert.

Frauenperspektiven

Der Fall Emily Kempin-Spyri

Die Nichte der Kinderbuchautorin von „Heidi" war die Tochter eines Pfarrers und lebte gegen Ende des 19. Jahrhunderts (1853–1901). Niemals hätte ihr Vater ihr erlaubt ein Studium aufzunehmen. Sie heiratete ebenfalls einen Pfarrer und bekam drei Kinder. Als ihr Vater kränklich wurde, nutzte sie die Gelegenheit und begann als erste Frau in Europa mit dem Studium der Rechtswissenschaften in Zürich.

Die Gemeinde ihres Mannes sah es nicht gern, dass ihr Pfarrer nun auch Hausarbeit verrichtete und bald darauf verlor er seine Stellung. Die Familie siedelte in die Vereinigten Staaten um und da Frau Kempin-Spyri ihr Studium mit Erfolg beendet und einen Doktortitel verliehen bekommen hatte, eröffnete sie eine Kanzlei. Als Frau war ihr das in Europa verboten.

Das Geld reichte allerdings nicht aus um die Familie zu ernähren und so brachen sie wieder in ihre alte Heimat auf. Frau Kempin-Spyri bekam dann doch als erste Frau einen Lehrstuhl als Professorin an der Universität in Zürich. Ihre Kinder und ihr Mann hielten dem Druck der Gesellschaft nicht stand und rückten immer weiter von ihr ab. Die Studenten waren zunächst begeistert von der kleinen energischen Professorin.

Als ihre ausnahmslos männlichen Kollegen sich durch die Anwesenheit einer Frau herabgesetzt und entehrt fühlten, begann für sie eine schlimme Zeit. Die Studenten blieben von ihren Vorlesungen fern und die Kollegen begannen sie auf übelste Art zu mobben. Sie war ihrer Zeit zu weit voraus, sie erhielt nirgendwo Unterstützung. Bald konnte sie dem psychischen Druck nicht mehr standhalten und wurde mit einem Nervenzusammenbruch in die Psychiatrie eingeliefert.

In einem letzten Versuch sich aufzulehnen bewarb sie sich aus der Psychiatrie heraus in einem bis heute erhalten gebliebenen Schreiben als Haushälterin bei einem Pfarrer. In dem Schreiben versichert sie ihm, dass sie trotz ihrer Ausbildung fähig sei einen Haushalt zu führen. Sie bekam keine Antwort auf ihre Bewerbung und verstarb mit 48 Jahren in der Psychiatrie in Basel.

1. Eine Fieberkurve mit den wichtigen Lebensstationen von Emily Kempin-Spyri:
2. „Sie war ihrer Zeit weit voraus, weil ..."
3. Während des Schreibens der Bewerbung um die Stelle als Haushälterin wird Frau Kempin-Spyri von ihren Gefühlen hin- und hergerissen. Was geht in ihr vor?

FRAUEN

betragen 1/2 der Weltbevölkerung

FRAUEN

stellen 1/3 der registrierten Arbeitskräfte

FRAUEN

leisten 2/3 aller getätigten Arbeitsstunden

FRAUEN

beziehen 1/10 des Welteinkommens

FRAUEN

besitzen 1/100 des Weltvermögens

Artikel 3 GG

(1) Alle Menschen sind vor dem Gesetz gleich.

(2) Männer und Frauen sind gleichberechtigt. Der Staat fördert die tatsächliche Durchsetzung von Gleichberechtigung von Männern und Frauen und wirkt auf die Beseitigung bestehender Nachteile hin.

(3) Niemand darf wegen des Geschlechts, seiner Abstammung, seiner Rasse, seiner Sprache, seiner Heimat und Herkunft, seines Glaubens, seiner religiösen oder politischen Anschauungen benachteiligt oder bevorzugt werden. Niemand darf wegen seiner Behinderung benachteiligt werden.

Der Fall Jutta Limbach

Frau Limbach wurde 1934 in Berlin geboren, ist verheiratet und hat drei Kinder. Sie studierte ebenso wie Emily Kempin-Spyri Jura – nur zu einer ganz anderen Zeit. Sie promovierte 1966 und wurde 1971 Professorin in Berlin, später in Bremen.

Seit 1987 ist sie Vorstandsmitglied der Gesellschaft für Gesetzgebung, von 1989–1994 war sie Senatorin für Justiz des Landes Berlin. Doch damit nicht genug: 1992 und 1993 war sie Mitglied der gemeinsamen Verfassungskommission des Bundesrats und des Bundestags. 1994 wurde sie Vizepräsidentin des höchsten deutschen Gerichtes – des Bundesverfassungsgerichts – und bald darauf wurde sie dessen Präsidentin und hat somit die höchste richterliche Stelle inne, die man in der Bundesrepublik erreichen kann.

1. Die Lebensläufe von Frau Limbach und Frau Kempin-Spyri sind ganz verschieden und doch vergleichbar …
2. Ob Mann oder Frau, wer zu Hause bleibt, übt eine Vielzahl von Berufen aus: Pädagoge, Handwerker …

1. Zahlenrätsel: Folgende Zahlen tauchen im Text auf. Was steckt dahinter?
   5 – 6, 8 – 8 – 19 – 30, 9 – 40 – 42, 4 – 1949 – 1998
2. Kann man schon von Gleichstellung sprechen? Pro/Kontra.

Von wegen gleich!

Gemeinsam den Haushalt führen und den Einkauf organisieren, die Tochter vom Kindergarten abholen und danach die richtige Schraube in die Wand drehen – heute oft keine Frage mehr des Geschlechtes, sondern es zählt, wer mehr Zeit hat. Aber lässt sich damit schon von Gleichberechtigung sprechen?

Von den knapp 40 Millionen Erwerbstätigen 1998 in Deutschland waren immerhin 42,4% Frauen. Also fast gleich so viele wie Männer, könnte man sagen.

Doch betrachtet man die Politik, dann sieht die Sache schon anders aus. Nur 30,9% der Abgeordneten des Bundestages sind Frauen. Immerhin, ließe sich sagen, denn 1949 lag der Anteil der Frauen im Bundestag nur bei 6,8%.

Und in der Wirtschaft bietet sich ein ähnliches Bild. In einer Untersuchung bei den größten europäischen Banken stellte sich heraus, dass nur 19% der Frauen im Management tätig waren. Im Aufsichtsrat saßen nur noch 8% Frauen und 5% fanden sich schließlich im Vorstand wieder.

Allerdings sind die Frauen weiter auf dem Vormarsch. Dem Bundesverfassungsgericht steht eine Frau vor. Frauen nehmen Spitzenpositionen in den politischen Parteien und auch Ministerämter ein. Vielleicht gibt es in Kürze eine Bundeskanzlerin oder eine Bundespräsidentin.

Gleichberechtigung – Gleichberechtigung – Gleichberechtigung

Parteien in der Demokratie

CDU CSU

Die Christlich Demokratische Union und die Christlich Soziale Union haben ihre Wurzeln im vorletzten Jahrhundert. 1848 trat bei der Frankfurter Nationalversammlung erstmals ein katholischer Klub auf. Im preußischen Landtag bildete sich eine katholische Fraktion und 1859 gründete sich eine katholische Partei mit dem Namen Zentrum. Nach dem Zweiten Weltkrieg entstanden die beiden christlichen Parteien, die nicht mehr nur Katholiken ansprechen wollten: die CDU für das Bundesgebiet und die CSU für Bayern.

Ihre Ziele sind: – das Recht des Einzelnen auf freie Entfaltung der Person – die Einheit Deutschlands weiter zu verwirklichen – ökologische und soziale Marktwirtschaft – Engagement des Bürgers für die Demokratie – Frieden durch Zusammenarbeit in Europa – Bewahrung der Schöpfung.

F.D.P. Die Liberalen

Die Freiheitlich Demokratische Partei, auch Liberale genannt, hat eine lange Tradition. Zu Beginn des vorletzten Jahrhunderts kämpften Liberale für den Traum eines Nationalstaates mit einer Verfassung. Viele der Liberalen entsprangen dem Bürgertum; sie setzten sich für eine Wirtschaftsordnung ein, in der keine Zollbarrieren den Handel behinderten und in der die Bürger möglichst ohne staatliche Beschränkungen ihren Geschäften nachgehen konnten. Als Deutsche Demokratische Partei arbeiteten die Liberalen in der Weimarer Republik mit der SPD und dem Zentrum zusammen. 1948 entstand im Westen Deutschlands die FDP als liberale Partei.

Ihre Ziele sind: – Einsatz für Menschenwürde durch Selbstbestimmung – Vorrang für den Einzelnen gegenüber dem Staat, Interessenverbänden und Massenorganisationen – Toleranz und geistige Freiheit; für Wettbewerb, Leistung, persönliche Verantwortung – konsequente Verteidigung des freiheitlichen Rechtsstaates – Leistungsbereitschaft und Eigenverantwortung sind wichtig.

1. Jede Partei hat ihre eigenen Wurzeln:
2. Die Ziele der Parteien:
   a) Welche Ziele lassen sich den Texten entnehmen?
   b) Wo gibt es Unterschiede, wo gibt es Gemeinsamkeiten?

SPD

Auch die Sozialdemokratische Partei Deutschlands hat ihre Wurzeln im vorletzten Jahrhundert. Durch die industrielle Revolution entstand die neue Klasse der Arbeiterschaft. Die Lebensbedingungen der Arbeiterschaft waren erbärmlich. Die SPD trat an um für bessere Arbeits- und Lebensbedingungen der Arbeiterschaft zu kämpfen. 1912 wurde sie im Kaiserreich zur stärksten Partei. In der Weimarer Republik übernahm die SPD zusammen mit anderen Parteien Regierungsverantwortung.

Ihre Ziele sind: – Sicherheit für alle Völker – Zusammenarbeit der Völker in Europa – gesellschaftliche Gleichheit von Frau und Mann – menschengerechte Gestaltung der Arbeitswelt – eine Solidargemeinschaft, in der z.B. die Jungen für die Alten und die Gesunden für die Kranken einstehen – gegen eine Privatisierung der elementaren Lebensrisiken – das Recht auf Arbeit gewährleisten – natürliche Lebensgrundlagen schonen und sichern – ein moderner demokratischer Staat, getragen vom politischen Engagement der Bürger.

BÜNDNIS 90 DIE GRÜNEN

1980 gründeten sich die Grünen. Diese sahen sich als alternative Partei zu den anderen Parteien. In der DDR bildeten sich Bürgerrechtsbewegungen, die sich gegen die Bevormundung durch die SED zur Wehr setzten. Maßgeblich trugen diese Gruppen zum Zusammenbruch der DDR bei und gründeten 1990 das Bündnis 90. Nach der Wiedervereinigung schlossen sich 1993 beide Parteien zusammen und nennen sich seit diesem Zeitpunkt Bündnis 90/Die Grünen. Seit 1998 stellen sie zusammen mit der SPD die Bundesregierung.
Ihre Ziele sind: – Beachtung der ökologischen Belastbarkeit der Welt – die Lebenschancen aller Völker auf möglichst hohem Niveau angleichen – für Frieden, Gerechtigkeit und Bewahrung der Schöpfung – ökologische Umgestaltung der Gesellschaft – Kluft zwischen Arm und Reich soll durch Umverteilung der vorhandenen Mittel von oben nach unten verringert werden – aktiv gegen Rechtsextremismus, Rassismus, Sexismus, Antisemitismus, Nationalismus und Ausländerfeindlichkeit eintreten – Angleichung der Lebensverhältnisse in Ost und West.

PDS

Auch die Partei des Demokratischen Sozialismus hat ihre Wurzeln ähnlich wie die SPD im vorletzten Jahrhundert. Nach dem Zweiten Weltkrieg und der Teilung Deutschlands in Ost und West bestimmte die SED (Sozialistische Einheitspartei Deutschlands) die politische Entwicklung in der DDR, die sich als Arbeiter- und Bauernstaat verstand. Als Folge des Zusammenbruchs der DDR 1989 wurde die SED durch die PDS abgelöst.
Ihre Ziele sind: – alle Eigentumsformen sind in den Dienst der Bedürfnisse der Menschen und der Erhaltung ihrer natürlichen und sozialen Lebensgrundlagen zu stellen – freie Entfaltung jedes einzelnen Menschen – Verwirklichung von Chancengleichheit für alle und in allen gesellschaftlichen Bereichen – gegen Rassismus, Ausländerfeindlichkeit und Intoleranz – keine Verwestlichung des Ostens – Recht auf Arbeit – soziale und ökologische Neuorientierung der Wirtschaftspolitik – freie Entfaltung von Individualität, Selbstbestimmung jedes Menschen und solidarische Lebensverhältnisse.

Art. 21 GG (1) Die Parteien wirken bei der politischen Willensbildung des Volkes mit. Ihre Gründung ist frei. Ihre innere Ordnung muss demokratischen Grundsätzen entsprechen. Sie müssen über die Herkunft und Verwendung ihrer Mittel sowie über ihr Vermögen öffentlich Rechenschaft geben.

1. Parteien sind …
2. Die Aufgabe von Parteien ist es …
3. Unter dem Begriff Koalition versteht man …
4. Unter dem Begriff Opposition versteht man …
5. Was steckt hinter dieser Behauptung: „Das Mehrparteienprinzip ist wichtig für eine Demokratie!"

Für etwas Partei ergreifen …

Will man seine Interessen in einer Gruppe durchsetzen, dann ist man gut beraten, nach Mitstreitern zu suchen. Im politischen Bereich finden sich Mitstreiter bei den Parteien. Hier schließen sich Bürger zusammen um gemeinsam für ihre politischen Interessen zu kämpfen. Durch Parteien wollen sie in den Parlamenten vertreten sein, wollen möglichst die politische Macht erringen. Zunächst stellen sich die Parteien mit ihren Programmen und den jeweiligen Spitzenkandidaten einer Wahl. Nur wer die Wähler überzeugen kann, wird gewählt. Immer wieder schließen sich mehrere Parteien zu Koalitionen zusammen um die Mehrheit der Sitze in Parlamenten zu erringen. Aus ihren Reihen wählen sie die Regierung und verfügen über die nötigen Stimmen um Gesetze zu verabschieden. Aber auch die Parteien ohne Regierungsbeteiligung haben eine wichtige Aufgabe. Als Opposition kontrollieren sie die Regierungsarbeit und sorgen dafür, dass die Regierungsgewalt nicht missbraucht wird. Durch Informationsstände, Veranstaltungen, Fernsehauftritte und Wahlkämpfe machen die Parteien auf sich aufmerksam, wirken bei der politischen Willensbildung mit. Die beste Parteiwerbung ist eine gute Regierungsarbeit. Leider trüben immer wieder Spendenaffären und Korruptionsfälle das Idealbild der Parteien als Interessenvertreter des Volkes.

Engagement lohnt sich

Engagement ist wichtig

	Verein oder Verband oder Bürgerinitiative?	Welche Ziele werden verfolgt?	Mitglieder sind vor allem (z. B. Jugendliche):	Formen des Engagements:
Bild 1				
Bild 2				
Bild 3				
⋮				
Bild 10				

1. Mithilfe der Bilder lässt sich die Tabelle ausfüllen:
2. Neben den in den Bildern dargestellten Formen des Engagements gibt es in jeder Gemeinde weitere Möglichkeiten. Wie sieht es in unserer Gemeinde aus?
3. Persönliches Engagement. Unsere Familie engagiert sich folgendermaßen:

Art. 5 GG (1) Jeder hat das Recht seine Meinung in Wort, Schrift und Bild frei zu äußern und zu verbreiten und sich aus allgemein zugänglichen Quellen ungehindert zu unterrichten. …

Art. 8 GG (1) Alle Deutschen haben das Recht sich ohne Anmeldung oder Erlaubnis friedlich und ohne Waffen zu versammeln.

Art. 9 GG (1) Alle Deutschen haben das Recht Vereine und Gesellschaften zu bilden.

1. Unter Gemeinwesen wird verstanden …
2. Unterschiede zwischen einem Verein, einer Bürgerinitiative und einem Verband:
3. Gemeinsamkeiten zwischen einem Verein, einer Bürgerinitiative und einem Verband:
4. Engagement bedeutet …

Verbunden sein!

So vielfältig die Meinungen und Ansichten, so vielfältig sind die Formen des Engagements der Bürger für das Gemeinwesen.

In Vereinen gestalten sie aktiv das Gemeinschaftsleben in ihren Gemeinden mit, sorgen dafür, dass wir uns in unserer Umgebung wohl fühlen. Vereinsarbeit ist ehrenamtlich, d.h. man bekommt kein Entgelt für sein Engagement. Vereinsarbeit heißt ein Ziel über einen langen Zeitraum zu verfolgen.

Neben der Vereinsarbeit engagieren sich die Menschen in Bürgerinitiativen, kämpfen für den Umweltschutz oder den Erhalt von Schwimmbädern und vieles mehr. Im Gegensatz zu Vereinen verfolgen Bürgerinitiativen oft nur einen Zweck und lösen sich mit Erreichen ihres Zieles wieder auf.

Egal, ob Verein oder Bürgerinitiative, die Menschen engagieren sich für eine lebenswerte Gemeinschaft, arbeiten aktiv in ihrer Nachbarschaft mit.

Aber auch in großem Rahmen schließen sich die Bürger zusammen um für ihre Interessen zu kämpfen. Verbände wie der Gewerkschaftsbund oder der Deutsche Fußballbund, der ADAC oder der Verband der deutschen Industrie vertreten ihre Mitglieder. Verbandsarbeit geht über das reine Engagement für die Gemeinde hinaus. Verbände agieren bundesweit. Ihre Stimmen zählen und werden von den Regierungen ernst genommen.

Engagement – Engagement – Engagement – Engagement – Engagement

Gefahr für die Demokratie

Anja M. war ein ernsthaftes, wohl behütetes Kind. Ihre Eltern wohnten in einem gutbürgerlichen Vorort von Karlsruhe. Die Familie M. galt als angesehen und beliebt.
Auf dem städtischen Gymnasium gehörte Anja zu den besten Schülerinnen. Sie war außerdem aktiv in einer Jugendgruppe der evangelischen Gemeinde. Später schloss sie sich einer ‚Initiativgruppe Dritte Welt' an. Zu ihren Eltern und ihren Klassenkameraden gewann sie zunehmend Distanz. „Die reden immer nur gescheit daher, aber sie tun nichts!", dachte Anja enttäuscht. Mit 17 zog sie in eine Wohngemeinschaft. Die Welt ihrer Eltern fand sie zu angepasst und verlogen. Nach dem Abitur ging sie nach Frankfurt. Eigentlich hatte sie mal Germanistik und Philosophie studieren wollen. Aber inzwischen fand Anja die ‚politische Aktion' wichtiger. Sie meldete ihren Personalausweis als verloren – sie hatte ihren Ausweis ihrem Freund übergeben. Er war Mitglied in einer ‚roten Zelle'. Diese Gruppe setzte sich für die Befreiung inhaftierter Mitglieder ein. Bei einer in Gewalt ausartenden Demonstration wurde Anja vorübergehend von der Polizei festgenommen. Ein Jahr später beteiligte sie sich an einem Brandanschlag auf ein Waffendepot der Bundeswehr. Seitdem lebte Anja im Untergrund mit gefälschten Papieren. Anja und ihre Gruppe verstanden sich als Stadtguerilla. Ihre Feinde, das waren die ‚Bullen', die ‚Ausbeuter' und die ‚Unterdrücker'. Durch spektakuläre Aktionen (z.B. Entführungen von Politikern und Managern) sollte die Öffentlichkeit auf die Ziele der Gruppe aufmerksam gemacht werden: totale Abrüstung, Abschaffung des kapitalistischen Systems und jede erdenkbare Hilfe für die Dritte Welt. Und irgendwann, so hoffte Anja, würde die Bevölkerung ‚aufwachen' und die Ziele der Stadtguerilla unterstützen, „dann kommt endlich die Revolution". Bei einem Banküberfall – auf diese Weise beschaffte sich Anjas Gruppe das notwendige Geld – wurde Anja gefasst. Ihren Prozess benutzte sie dazu, politische Kampfreden zu halten. Sie betrachtete sich als politische Gefangene. Besuche von ihrer Familie lehnte sie ab. Sie verbüßt zur Zeit eine langjährige Freiheitsstrafe.

Volker K. wuchs als drittes Kind der Familie K. in einer ländlichen Kreisstadt auf. Er war ein etwas schüchterner Junge. Oft hatte er Angst vor seinem strengen Vater, der stets in der Familie das Sagen hatte.
Volker machte eine Lehre als Kfz-Mechaniker. Im zweiten Lehrjahr geriet er an den Alkohol. Angetrunken ließ er sich auf eine Schlägerei mit türkischen Gastarbeitern ein.
Auch zu Hause hatte Volker zunehmend Schwierigkeiten. Da er keine Freundin hatte und auch keine Hobbys, ließ er sich von einem Kneipenbekannten überreden übers Wochenende mit zu einer Wehrsportgruppe zu kommen. Der sportliche Einsatz, das Wettschießen, die Anerkennung unter Männern – das alles gefiel ihm gut.
Volker bestand seine Lehrprüfung und fand einen Arbeitsplatz. Seine Arbeit fand er nicht befriedigend. In dieser Zeit bekam er Kontakt zur Bürgerinitiative ‚Ausländer raus!'. Er las Broschüren und Schulungsmaterial der Wehrsportgruppe und gewann die Überzeugung, dass alle seine persönlichen Schwierigkeiten nur politisch zu lösen seien. Nachts beteiligte er sich an Wandschmierereien: ‚Ausländer sind unser Unheil – raus mit dem Volk'. Nach einem Sprengstoffanschlag auf eine Asylantenunterkunft wurde Volker K. als ‚Sympathisant' polizeilich verhört.
Volker K. trennte sich von seiner Familie und zog in die nahe gelegene Großstadt. Er suchte und fand Anschluss an ähnliche Gruppen. Aber Volker spürte, dass er seine Dazugehörigkeit erst noch richtig beweisen müsse. Er ging keiner geregelten Arbeit mehr nach. Nach anfänglichem Zögern erklärte er sich schließlich bereit einen Zeitzünder in das Auto eines Anwalts zu legen. Der Anwalt hatte viele Asylanträge erfolgreich vor Gericht vertreten. Als Volker nach dem missglückten Attentat von der Polizei gefasst wurde, packte er aus.
Volker wurde zu einer Freiheitsstrafe verurteilt, die er zurzeit abbüßt.

1. Wo gleichen sich die beiden Lebensläufe, wo unterscheiden sie sich?
2. Welches sind die Beweggründe für Anja und Volker sich einer extremistischen Bewegung anzuschließen?
3. Worin unterscheiden bzw. gleichen sich die Ziele und Feindbilder?
4. Worin unterscheiden sich die beiden folgenden Zitate? Gibt es Gemeinsamkeiten?

„Die Rechte, die eine Demokratie gewährt, dürfen nicht dazu missbraucht werden, die Demokratie zu zerstören."

„Was du nicht willst, das man dir tu, das füge auch keinem anderen zu!"

Art. 2 GG (1) Jeder hat das Recht auf freie Entfaltung seiner Persönlichkeit, soweit er nicht die Rechte anderer verletzt und nicht gegen die verfassungsmäßige Ordnung oder das Sittengesetz verstößt.

Art. 9 GG (2) Vereinigungen, deren Zwecke oder deren Tätigkeit den Strafgesetzen zuwiderlaufen oder sich gegen die verfassungsmäßige Ordnung oder gegen den Gedanken der Völkerverständigung richten, sind verboten.

Art. 18 GG Wer die Freiheit der Meinungsäußerung … zum Kampfe gegen die freiheitlich demokratische Grundordnung missbraucht, verwirkt diese Grundrechte. …

Art. 21 GG (2) Parteien, die nach ihren Zielen oder nach dem Verhalten ihrer Anhänger darauf ausgehen, die freiheitlich demokratische Grundordnung zu beeinträchtigen oder zu gefährden, sind … verfassungswidrig. …

1. Streitbare Demokratie bedeutet …
2. Extremistische Gruppierungen haben ein Ziel: …, deshalb …
3. Wenn sich Bürger über eine Regierung aufregen, weil diese ihrer Ansicht nach gegen ihre Interessen handelt, kann man dann schon von Extremismus sprechen?

Wie du mir, so ich dir?

Ich darf niemanden beleidigen, brauche mich aber auch nicht beleidigen zu lassen. Gewaltanwendung ist nicht hinzunehmen, aber selbst Gewalt anzuwenden ist auch nicht erlaubt. Freie Meinungsäußerung, Versammlungsfreiheit und das Recht seine Meinung in Wort und Schrift verbreiten zu dürfen – für uns eine Selbstverständlichkeit. Werden diese Freiheiten durch Personen oder Gruppen ausgenutzt um unsere Verfassung, unsere FDGO, zu bekämpfen, dann muss sich der Staat wehren dürfen. Im Rahmen der streitbaren Demokratie entscheidet das Bundesverfassungsgericht darüber, welchen Personen das Recht verweigert werden darf sich auf Grundrechte zu berufen. Es kann nicht sein, die Meinungsfreiheit dazu nutzen zu dürfen, sie zu beseitigen. Auch Parteien, die es sich zum Ziel gesetzt haben, die FDGO zu beseitigen, können durch das Bundesverfassungsgericht verboten werden. Zur streitbaren Demokratie gehört auch, dass der Verfassungsschutz extremistische Gruppierungen beobachten darf. Egal, ob Links- oder Rechtsradikale – eines haben beide Sichtweisen gemeinsam: Sie bekämpfen unsere Demokratie, wollen sie so verändern, dass wir nicht mehr in einem freiheitlichen, demokratischen Staat leben können. Und wer verfassungsmäßige Freiheiten beseitigen will, darf sich nicht beschweren, wenn die Demokratie ihn bekämpft.

Bürgergesellschaft
Engagement
Mehrheitsprinzip
FDGO
Minderheitenschutz
Parteien
Gleichberechtigung
Grundrechte
Streitbare Demokratie
STOP
STOP
Extremistische Gruppierungen
INITIATIVE GEGEN EINE LANDEBAHN
F.D.P.

Kern-Info Alle Staatsgewalt geht in einer Demokratie vom Volke aus. Dabei haben alle Entscheidungen, die vom Volk oder durch dessen Vertreter gefällt werden, das Grundgesetz und die darin festgeschriebenen Grundrechte zu beachten. Das Prinzip der freiheitlich demokratischen Grundordnung, auch kurz FDGO genannt, besagt aber noch mehr.

Freiheitlich bedeutet, dass jeder bei uns ohne Zwang handeln darf, aber nicht handeln muss. Zunehmend aber ist der Bürger gefragt seine Belange selbst zu gestalten, denn der Staat kann und will nicht alles für seine Bürger regeln. Freiwillig ist etwa das Engagement der Bürger für ihr Gemeinwesen. In einer Bürgergesellschaft suchen Menschen Gleichgesinnte, schließen sich zusammen um gemeinsam mehr zu erreichen. Die vielen Bürgerinitiativen, Vereine, aber auch Verbände in Deutschland zeigen, dass die Bürger engagiert handeln und das oft ehrenamtlich in ihrer Freizeit.

Freiheitlich bedeutet aber auch, dass die Menschen in einer Demokratie dann gleich behandelt werden müssen und wollen, wenn es die Gleichheit vor dem Gesetz verlangt. Hatten in früheren Zeiten oft die Männer das Sagen, so finden sich heute immer mehr Frauen führend in Politik und Wirtschaft. Eine freiheitliche Gesellschaft setzt Gleichberechtigung voraus, denn eine Bürgergesellschaft lebt vom Engagement und nicht von Rollenzuweisungen aufgrund des Geschlechtes.

Egal, ob in einer Partei, einer Bürgerinitiative oder einem Verband – immer werden Entscheidungen durch Mehrheiten gefällt. Bei diesem Mehrheitsprinzip kann es schon einmal sein, dass persönliche Interessen in den Hintergrund treten müssen, dass man sich mit seinen Ansichten und Wünschen nicht durchsetzen kann. Aber auch der Unterlegene akzeptiert den Mehrheitsentscheid, denn in einer Demokratie gilt ebenso der Minderheitenschutz. Die bei Abstimmungen unterlegene Minderheit hat immer das Recht für ihre Ansichten und Überzeugungen zu werben um vielleicht zu einem späteren Zeitpunkt dafür eine Mehrheit zu finden.

Parteien spielen in einer Demokratie eine wichtige Rolle. Durch Parteiprogramme und mit dem jeweiligen Spitzenkandidaten stellen sie sich den Bürgern zur Wahl, werben dafür, Regierungsverantwortung übernehmen zu dürfen. Koalitionen von Parteien bilden sich nach Wahlen um gemeinsam zu regieren. Die Oppositionsparteien kontrollieren die Regierungen und sorgen dafür, dass Regierungsverantwortung nicht missbraucht wird. Egal, ob an der Regierung oder in der Opposition – alle Parteien haben die FDGO zu beachten.

In jeder Demokratie tauchen immer wieder extremistische Gruppierungen auf, die die Freiheiten einer demokratischen Ordnung nutzen um diese zu beseitigen. In diesem Fall muss sich die Gesellschaft wehren dürfen. Im Rahmen der streitbaren Demokratie kann das Bundesverfassungsgericht Parteiverbote aussprechen um unsere freiheitlich demokratische Grundordnung gegen Extremisten zu schützen.

PRÄSENTATION

Grundrechte
Bürgergesellschaft
FDGO
Gleichberechtigung
Mehrheitsprinzip
Minderheitenschutz
Parteien
Extremistische Gruppierungen
Streitbare Demokratie
Engagement

1 Einen Vortrag halten

2. Ein **Plakat** entwerfen (siehe Seite 46)
3. Ein **Feature** ausarbeiten (siehe Seite 70)
4. Eine **Computeranimation** gestalten (siehe Seite 90)

Einen Vortrag halten

„Ein Vortrag ist die Kunst, eine Menge so von einem Thema zu begeistern, dass am Ende alle etwas mehr wissen, aber dennoch niemand eingeschlafen ist", hat einmal ein schlauer Kopf gesagt. Unabhängig von der Thematik eines Vortrags, soll bewusst werden, dass man im Mittelpunkt steht und somit vor einer Menge sprechen muss. Um das Publikum zu begeistern darf der Vortrag nicht langatmig und soll für alle gleichermaßen verständlich sein. Im Allgemeinen ist es hilfreich, sich Stichworte zu machen, an denen man sich orientieren kann (beispielsweise die Schlüsselbegriffe auf Notizzetteln notieren), das Publikum mit Blickkontakt einzubeziehen und jederzeit für Rückfragen aus dem Publikum bereit zu sein.

Wie geht es genau?

Ein Vortrag sollte mit einer kurzen Einleitung (auch „Intro" genannt) beginnen, die kurz in die Thematik einführt, also einen Gesamtüberblick verschafft, z.B.: Aktuelles zum jeweiligen Thema, Hinweis auf einen passenden Zeitungsartikel, ein Zitat oder Ähnliches.

Dann folgt der Hauptteil, in dem die Thematik im Mittelpunkt steht.

Hier müssen alle Schlüsselbegriffe sowohl erwähnt und erklärt werden als auch in einem sinnvollen Zusammenhang stehen.

Eine kleine Mind Map hilft die Begriffe in eine sinnvolle Reihenfolge zu bringen.

Der Schlussteil des Vortrags sollte den bis jetzt gehaltenen „Spannungsbogen" in einer kurzen Zusammenfassung zum Ende führen. Das kann heißen auf eventuelle Fragen einzugehen oder auch selbst Probleme als Anregung in den Raum zu stellen.

Es ist außerdem wichtig, das Gesagte zu visualisieren. Das kann mithilfe einer Folie geschehen, die entweder schon vorbereitet ist und am Ende zur Zusammenfassung kommentiert aufgelegt wird, oder durch eine Folie, die während des Vortrags entsteht durch Eintragung z.B. der jeweiligen Schlüsselbegriffe und somit ein Gesamtbild entstehen lässt. Außerdem könnte eventuell ein Poster angefertigt werden.

Der Vortrag sollte höchstens zehn Minuten lang sein.

Karikatur – oder: Was hat das mit dem Thema zu tun?

1

2

3

Eine Karikatur ist eine zeichnerische Darstellungsform. Es werden Sachverhalte aus Politik, Wirtschaft oder Gesellschaft in einer übertriebenen Form dargestellt. Herauszufinden ist, was der Karikaturist aussagen will:

1. Was ist dargestellt, d.h. wie könnte eine Überschrift lauten?
2. Wie stellt der Karikaturist das Thema dar? In der Regel lässt sich zu einer Karikatur eine Geschichte erzählen.
3. Ist aus der Karikatur eine bestimmte Einstellung oder Meinung oder Deutung des Zeichners zu erkennen? Wie lässt sich die Geschichte auf die Wirklichkeit übertragen?
4. Jeweils drei der Schlüsselbegriffe müssen anhand einer Karikatur besprochen werden.
5. Wer gut zeichnen kann, der entwirft eine eigene Karikatur. Wer nicht zeichnen mag, der sucht nach einer aktuellen Karikatur zum Thema.

Engagement: Ja oder Nein?

Nr.	Beispiele	Engagement Ja oder Nein	Rangfolge 1. + 2. + ...
1	Sich zum Klassensprecher wählen lassen.		
2	Als Klassensprecher an den Sitzungen des Schülerrats teilnehmen.		
3	Einen Streit zwischen Schülern schlichten.		
4	Mitarbeit in der SMV, auch wenn man nicht als Klassensprecher gewählt wurde.		
5	Seine Meinung vor der Klasse vertreten.		
6	Sich als Schüler in die Schulkonferenz wählen lassen.		
7	Mitglied in einem Jugendgemeinderat sein und sich für die Interessen der Jugendlichen stark machen.		
8	Gemeinsam mit Freunden zur Loveparade nach Berlin fahren.		
9	Ein Fest mit Freunden organisieren und genießen.		
10	In der Familie mithelfen.		
11	Eine Bürgerinitiative durch eine Unterschrift unterstützen.		
12	Flugblätter für eine Bürgerinitiative/Partei verteilen.		
13	In eine Partei eintreten.		
14	Regelmäßig fernsehen.		
15	Regelmäßig Nachrichten anschauen.		
16	Sich zum Jugendbetriebsrat wählen lassen um die Interessen der Auszubildenden zu vertreten.		
17	Teilnahme an einer Talkshow.		
18	Eine Familie gründen.		
19	Für einen guten Zweck fünf Euro spenden.		
20	In einem Gespräch gut zuhören können.		
21	Freunde beraten, wenn sie Hilfe brauchen.		
22	In einer Partei mitarbeiten.		
23	In ein Fitnessstudio gehen.		

A Bereits am nächsten Morgen berichtet Frau B. dem Rektor alles, was sie gesehen hat. Der Rektor handelt ohne Zögern: In der Pause werden die Lehrer informiert, dass die beiden Schüler mit sofortiger Wirkung vom Unterricht ausgeschlossen sind. Volker K. und Peter W. werden zusammen mit ihren Eltern zu einem kurzen Gespräch vorgeladen, in dem ihnen der unwiderrufliche Schulverweis mitgeteilt wird. Die Klassenlehrer werden verpflichtet ihren Schülern eine kurze Stellungnahme des Rektors vorzulesen und mit ihnen in einer Extrastunde über den Fall „Volker K. u. Peter W.: Neonazis an unserer Schule" zu diskutieren.

B Frau B. beschließt den Fall nicht an die große Glocke zu hängen. Sie zieht nur den Geschichtslehrer ins Vertrauen und verabredet mit ihm, in der Klasse gemeinsam das Thema Nationalsozialismus zu behandeln. Während im Geschichtsunterricht besonders intensiv über Hitlers Rassenideologie gesprochen wird, nimmt Frau B. im Deutschunterricht das „Tagebuch der Anne Frank" durch. Anschließend zeigt sie der Klasse den Film „Die Erben": die Geschichte zweier Jugendlicher, die in Neonazi-Kreise geraten und zu ausländerfeindlichen Gewalttaten gezwungen werden. Dieser Film bietet reichlich Diskussionsstoff, auch über die Frage, wie die beiden Hauptfiguren wieder aus dem Neonazi-Milieu herausfinden könnten.

Neonazis an der Schule!

An der Realschule von M. sind kurz hintereinander zwei Flugblätter mit ausländerfeindlichen Parolen aufgetaucht. Als Urheber vermutet man dieselben Täter, die einige Wände des Schulgebäudes mit Hakenkreuzen beschmierten. Bisher gibt es aber von den Neonazis keine Spur. Der Rektor stellt unmissverständlich klar, dass er den oder die Täter sofort von der Schule verweisen würde, und fordert die Lehrer zu erhöhter Wachsamkeit auf. Eines Abends kehrt Frau B., Klassenlehrerin der 10a, zufällig noch einmal in das leere Schulgebäude zurück. Plötzlich bemerkt sie zwei Schüler, die durch den Hofausgang wegrennen und dabei etwas unter ihren Jacken verstecken. Dann springt ihr eine noch feuchte Sprühparole ins Auge: „Hitler hatte Recht – Ausländer raus!" Dazu ein Hakenkreuz. Bestürzt überlegt Frau B., welche Konsequenzen sie jetzt gegenüber ihren beiden Schülern Volker K. und Peter W. ziehen soll.

C Frau B. bespricht ihre Entdeckung am nächsten Tag mit dem Vertrauenslehrer, bittet ihn aber um Stillschweigen. Beide Kollegen laden Volker K. und Peter W. zur Aussprache ein. Sie wollen alle Hintergründe erfahren und ihre Schüler zur Aufgabe der Neonazi-Aktivitäten bewegen. Ihr Ziel ist außerdem, die beiden Schüler zu einem freiwilligen Geständnis vor dem Rektor zu überreden. Frau B. will sich mit aller Kraft dafür einsetzen, dass Peter W. und Volker K. auf der Schule bleiben können. Als Gegenleistung wird den beiden auferlegt zehn Nachmittage in einer sozialen Einrichtung mitzuarbeiten, die ausländischen Kindern und Jugendlichen bei Hausaufgaben und Schulproblemen hilft.

D Nach einigem Überlegen beschließt Frau B. ihre Beobachtung für sich zu behalten. Sie bringt es nicht über sich, ihre Schüler zu denunzieren. Allerdings nimmt sie sich vor in Zukunft ein schärferes Auge auf Volker K. und Peter W. zu haben. Vielleicht wäre ein Termin beim Schulpsychiater angebracht. Was die politische Seite betrifft, so ist das nach Frau B.s Meinung Sache der Eltern; da will sie sich nicht einmischen. Aber vielleicht sollte man den Eltern beim nächsten Sprechtag mal den Tipp geben sich mehr um ihre Sprösslinge und deren Freizeitbeschäftigung zu kümmern.

Engagement: Ja oder Nein?

1. *Klären:*
Zunächst ist zu klären, was die Klasse unter dem Begriff Engagement versteht.
2. *Entscheiden:*
Jetzt muss entschieden und begründet werden, ob es sich bei den 23 Beispielen um Formen des Engagements handelt oder nicht.
3. *Rangfolge:*
Die Beispiele, die für Engagement stehen, sind zu bewerten. Die Klasse entscheidet, welche Form des Engagements für sie die wichtigste ist. Dafür wird die Nummer eins vergeben. Dann folgt mit der Nummer zwei die zweitwichtigste Form des Engagements. Bis zu acht Nummern sind nach Wichtigkeit so zu verteilen.

Neonazis an der Schule!

1. Jeder Schüler liest den Fall und entscheidet sich für einen der Vorschläge ABCD.
2. Die Schüler, die sich für denselben Vorschlag entschieden haben, setzen sich in Gruppen zusammen.
3. Jede Gruppe bestimmt einen Sprecher und sammelt Argumente für ihre Entscheidung.
4. Die Gruppensprecher stellen ihre Entscheidungen vor und begründen.
5. Die Klasse entscheidet sich für einen Vorschlag.

Sich zur Wahl stellen

Parteien stellen sich zur Wahl. Sie versuchen möglichst viele Bürger dazu zu bewegen, diese Partei zu wählen.

Das Programm

Jede Partei hat ein Programm, in dem sie ihre Grundsätze aufschreibt und darstellt, welche Ziele sie erreichen will.

Die Wahlwerbung

Parteien machen auf sich aufmerksam. Sie werben für ihre Ansichten und ihre Kandidaten.

Die Wahlveranstaltung

Die Parteien laden zu Wahlveranstaltungen ein. Die Plakate werden ausgestellt, die Flugblätter verteilt und die Kandidaten diskutieren mit den Besuchern.

Die Wahlreden

Die Kandidaten werben noch einmal in Wahlreden für ihre Parteien.

Am Wahltag bestimmt der Wähler, welcher Partei er seine Stimme gibt, damit sie ihn vertritt.

Die Wahl

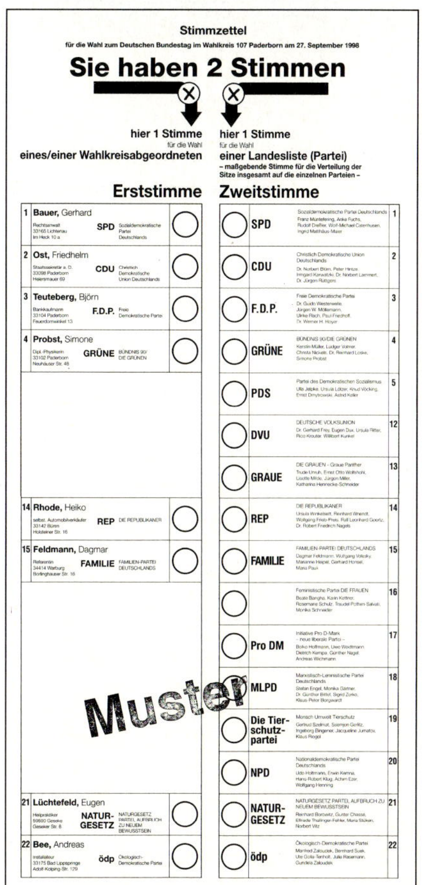

Stimmzettel

für die Wahl zum Deutschen Bundestag im Wahlkreis 107 Paderborn am 27. September 1998

Sie haben 2 Stimmen

hier 1 Stimme für die Wahl **eines/einer Wahlkreisabgeordneten**

Erststimme

1	**Bauer,** Gerhard Rechtsanwalt, 33165 Lichtenau, Im Heck 10 a	**SPD** Sozialdemokratische Partei Deutschlands	◯
2	**Ost,** Friedhelm Staatssekretär a. D., 33098 Paderborn, Heiersmauer 69	**CDU** Christlich Demokratische Union Deutschlands	◯
3	**Teuteberg,** Björn Bankkaufmann, 33104 Paderborn, Feuerdornwinkel 13	**F.D.P.** Freie Demokratische Partei	◯
4	**Probst,** Simone Dipl.-Physikerin, 33102 Paderborn, Neuhäuser Str. 48	**GRÜNE** BÜNDNIS 90/DIE GRÜNEN	◯
14	**Rhode,** Heiko selbst. Automobilverkäufer, 33142 Büren, Holsteiner Str. 16	**REP** DIE REPUBLIKANER	◯
15	**Feldmann,** Dagmar Referentin, 34414 Warburg, Borlinghauser Str. 16	**FAMILIE** FAMILIEN-PARTEI DEUTSCHLANDS	◯
21	**Lüchtefeld,** Eugen Heilpraktiker, 59590 Geseke, Geseker Str. 8	**NATUR-GESETZ** NATURGESETZ PARTEI, AUFBRUCH ZU NEUEM BEWUSSTSEIN	◯
22	**Bee,** Andreas Installateur, 33175 Bad Lippspringe, Adolf-Kolping-Str. 129	**ödp** Ökologisch-Demokratische Partei	◯

hier 1 Stimme für die Wahl **einer Landesliste (Partei)** – maßgebende Stimme für die Verteilung der Sitze insgesamt auf die einzelnen Parteien –

Zweitstimme

◯	**SPD**	Sozialdemokratische Partei Deutschlands Franz Müntefering, Anke Fuchs, Rudolf Dreßler, Wolf-Michael Catenhusen, Ingrid Matthäus-Maier	1
◯	**CDU**	Christlich Demokratische Union Deutschlands Dr. Norbert Blüm, Peter Hintze, Irmgard Karwatzki, Dr. Norbert Lammert, Dr. Jürgen Rüttgers	2
◯	**F.D.P.**	Freie Demokratische Partei Dr. Guido Westerwelle, Jürgen W. Möllemann, Ulrike Flach, Paul Friedhoff, Dr. Werner H. Hoyer	3
◯	**GRÜNE**	BÜNDNIS 90/DIE GRÜNEN Kerstin Müller, Ludger Volmer, Christa Nickels, Dr. Reinhard Loske, Simone Probst	4
◯	**PDS**	Partei des Demokratischen Sozialismus Ulla Jelpke, Ursula Lötzer, Knud Vöcking, Ernst Dmytrowski, Astrid Keller	5
◯	**DVU**	DEUTSCHE VOLKSUNION Dr. Gerhard Frey, Eugen Dux, Ursula Ritter, Rico Kreuter, Willibert Kunkel	12
◯	**GRAUE**	DIE GRAUEN - Graue Panther Trude Unruh, Ernst Otto Wolfsohl, Lisotte Mittde, Jürgen Miller, Katharina Hennecke-Schneider	13
◯	**REP**	DIE REPUBLIKANER Ursula Winkelsett, Reinhard Wendt, Wolfgang Frieb-Preis, Ralf Leonhard Goertz, Dr. Robert Friedrich Nagels	14
◯	**FAMILIE**	FAMILIEN-PARTEI DEUTSCHLANDS Dagmar Feldmann, Wolfgang Volesky, Marianne Heipel, Gerhard Honsel, Maria Pauli	15
◯		Feministische Partei DIE FRAUEN Beate Bangha, Karin Kettner, Rosemarie Schulz, Traudel Pothen-Salvati, Monika Schneider	16
◯	**Pro DM**	Initiative Pro D-Mark – neue liberale Partei – Bolko Hoffmann, Uwe Wedtmann, Dietrich Kempa, Günther Nagel, Andreas Wichmann	17
◯	**MLPD**	Marxistisch-Leninistische Partei Deutschlands Stefan Engel, Monika Gärtner, Dr. Günther Bittel, Sigrid Zorko, Klaus-Peter Borgwardt	18
◯	**Die Tier-schutz-partei**	Mensch Umwelt Tierschutz Gertrud Szelmat, Ssemjon Gerlitz, Ingeborg Bingener, Jacqueline Jurnatov, Klaus Riegel	19
◯	**NPD**	Nationaldemokratische Partei Deutschlands Udo Holtmann, Erwin Kemna, Hans-Robert Klug, Achim Ezer, Wolfgang Henning	20
◯	**NATUR-GESETZ**	NATURGESETZ PARTEI, AUFBRUCH ZU NEUEM BEWUSSTSEIN Reinhard Borowitz, Gunter Chasse, Elfriede Thalinger-Fehler, Maria Stüken, Norbert Vitz	21
◯	**ödp**	Ökologisch-Demokratische Partei Manfred Zaloudek, Bernhard Suek, Ute Golla-Tenholt, Julia Rasemann, Gundela Zaloudek	22

Muster

Sich zur Wahl stellen

Den Parteien wird oft vorgeworfen, sie sähen die Probleme der Jugendlichen nicht oder nur unvollständig. Das soll sich ändern:

1. Das Programm:
Die Klasse bildet Parteien. Jede Partei formuliert in einem Parteiprogramm fünf Ziele, die sie umsetzen will. Natürlich gibt sich die Partei auch einen Namen.

2. Die Wahlwerbung:
Bevor eine Partei vom Volk gewählt werden kann, muss sie für ihre Ansichten werben. Jede Partei entwirft einen Wahlstand mit einem Plakat. Weiter muss ein Flugblatt gestaltet werden. Es lässt sich auch ein Videoclip über die Partei drehen oder eine Computeranimation erstellen.

3. Die Wahlveranstaltung:
Jede Partei baut ihren Wahlstand auf und wirbt für ihre Ziele. Geladen sind alle Schüler aus der Klassenstufe neun. Diese Schüler informieren sich an den Wahlständen über die Parteien.

4. Die Wahlreden:
Zum Ende der Wahlveranstaltung hält ein Vertreter jeder Partei eine Wahlrede.

5. Die Wahl:
Zum Abschluss stimmen alle Schüler der 9. Klassen geheim ab und entscheiden, welcher Partei sie ihre Stimme geben.

1. Mind Map

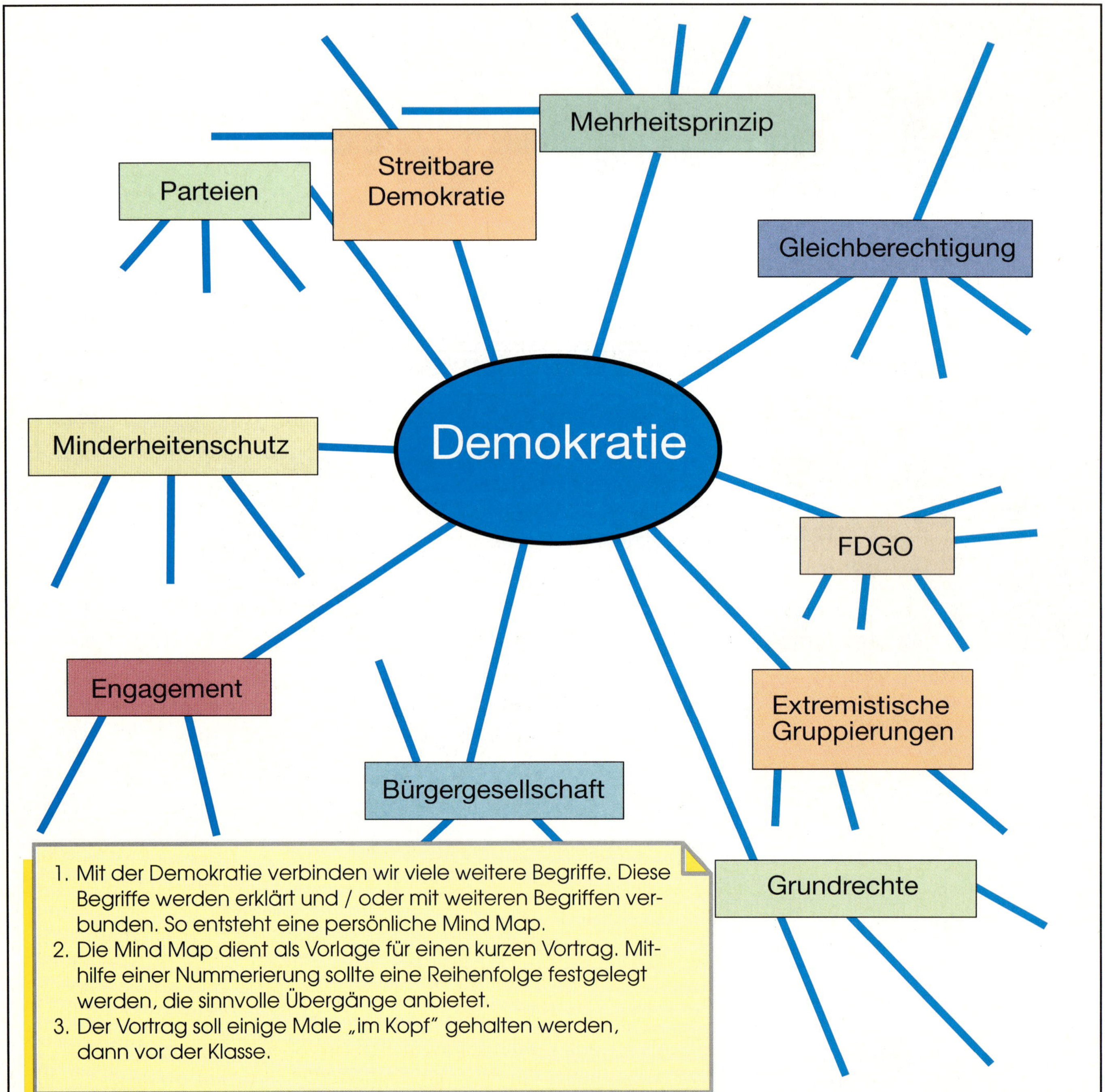

1. Mit der Demokratie verbinden wir viele weitere Begriffe. Diese Begriffe werden erklärt und / oder mit weiteren Begriffen verbunden. So entsteht eine persönliche Mind Map.
2. Die Mind Map dient als Vorlage für einen kurzen Vortrag. Mithilfe einer Nummerierung sollte eine Reihenfolge festgelegt werden, die sinnvolle Übergänge anbietet.
3. Der Vortrag soll einige Male „im Kopf" gehalten werden, dann vor der Klasse.

2. Auf den Kanzler kommt es an

In der Geschichte der Bundesrepublik Deutschland gab es seit 1949 sieben Bundeskanzler. Mit Ausnahme einer Legislaturperiode mussten diese Kanzler Koalitionen eingehen um regieren zu können.

Konrad Adenauer, CDU, Kanzler 1949–1963

Ludwig Erhard, CDU, Kanzler 1963–1966

Kurt Georg Kiesinger, CDU, Kanzler 1966–1969

Willy Brandt, SPD, Kanzler 1969–1974

Helmut Schmidt, SPD, Kanzler 1974–1982

Helmut Kohl, CDU, Kanzler 1982–1998

Gerhard Schröder, SPD, Kanzler seit 1998

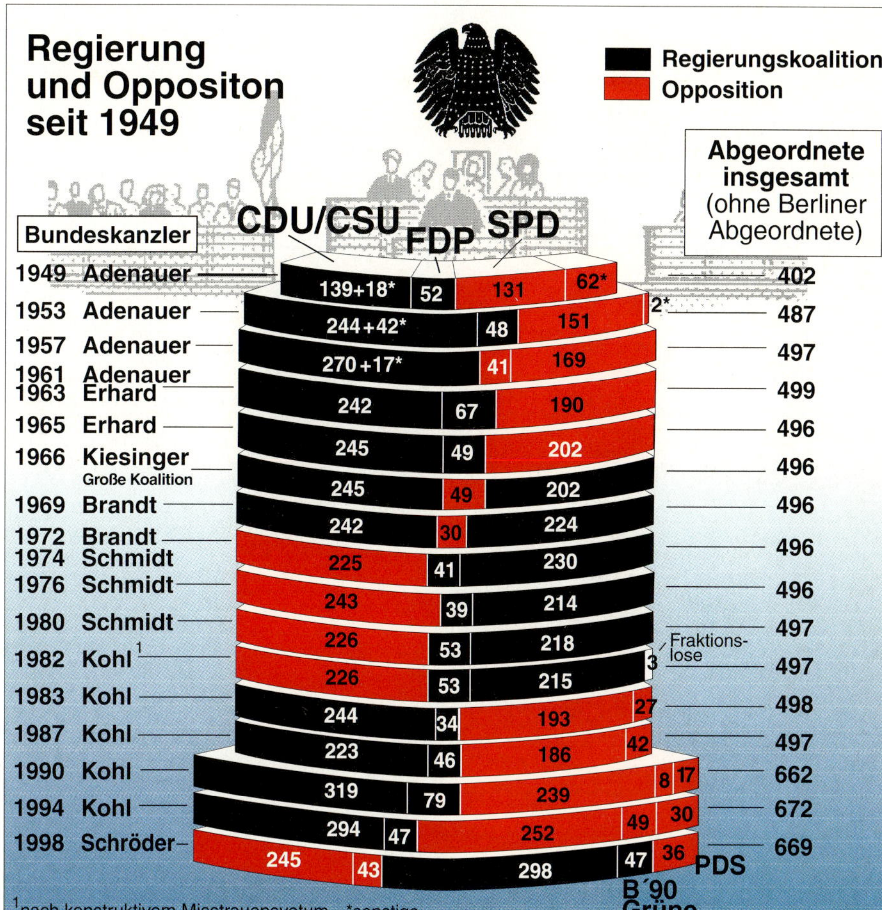

1. Der Bundeskanzler, der die längste Zeit regierte?
2. Der Bundeskanzler, der die kürzeste Zeit regierte?
3. Parteien, die den Kanzler stellten?
4. Parteien, die seit Gründung der BRD im Bundestag vertreten sind?
5. Parteien, die erst später in den Bundestag einziehen konnten?
6. Die Partei, die die meisten Jahre an der Regierung beteiligt war?
7. Gibt es eine Partei, die noch nie mitregieren konnte?
8. Der Kanzler, der ohne Koalition hätte regieren können?
9. Welche Koalitionen wären auch denkbar gewesen?

3. Nachgehakt

I. Mein Engagement

1 a) Ich bin Mitglied in Vereinen: ____
b) Ich bin Mitglied in einer Partei: ____
c) Ich bin Mitglied in Verbänden: ____
d) Ich bin Mitglied in einer Bürgerinitiative: ____
e) Ich bin Mitglied in anderen Gruppen: ____

2 Ich habe folgende Aufgaben: ____

3 Das waren meine Gründe für die Mitgliedschaft: ____

4 Die Mitgliedschaft hat sich für mich ausgezahlt, weil ____

5 Die Mitgliedschaft hat sich für mich nicht ausgezahlt, weil ____

6 Später könnte ich mir vorstellen, mich als Mitglied zu engagieren in: ____

7 Behauptung: „Man muss nicht Mitglied in irgendeiner Organisation sein um sich für die Allgemeinheit wirksam engagieren zu können!"
Dieser Behauptung kann ich zustimmen, weil ____
Diese Behauptung lehne ich ab, weil ____

II. Umfrage

1 Von meinen Verwandten, Bekannten, Freunden engagieren sich als
a) Mitglied in einem Verein: ____
b) Mitglied in einer Partei: ____
c) Mitglied in einem Verband: ____
d) Mitglied in einer Bürgerinitiative: ____
e) Mitglied in : ____

2 Eine Person suchen und folgende Fragen zur Mitgliedschaft an einem Beispiel beantworten lassen:
a) Mitglied seit: ____
b) Als Mitglied hat/hatte diese Person folgende Aufgaben übernommen: ____
c) Welche Ziele werden verfolgt? ____
d) Wie hoch ist der Mitgliedsbeitrag im Jahr? ____
e) Hat sich das Engagement gelohnt oder nicht gelohnt? ____

4. Politik vor Ort

Mitbestimmen heißt nicht nur wählen. Mitbestimmen heißt nicht nur meckern. Mitbestimmen kann heißen:

Wir werden aktiv. Wir versuchen unsere Interessen durchzusetzen.

Deshalb:

Eine politische Frage in unserer Gemeinde, die unbedingt geregelt werden sollte:

- Wir werden aktiv und tragen Argumente zusammen.
- Wir werden aktiv und gehen auf die Straße um Unterschriften für unser Begehren zu sammeln.
- Wir werden aktiv und werben für unser Anliegen.
- Wir werden aktiv und rufen zur Stimmabgabe auf.
- Wir werden aktiv und stehen zum Ergebnis der Abstimmung.

Oder:

- Wir recherchieren: Gab es in unserer Gemeinde schon Bürgerentscheide oder Bürgerbegehren?

  Über welche Inhalte wurde entschieden und wie fielen die Entscheidungen aus?

Verfassung des Landes Baden-Württemberg

Art. 59 (1): Gesetzesvorlagen werden von der Regierung, von Abgeordneten oder vom Volk durch Volksbegehren eingebracht.

Art. 59 (2): Das Volksbegehren ist zustande gekommen, wenn es von mindestens einem Sechstel der Wahlberechtigten gestellt wird.

Art. 60 (5): Bei der Volksabstimmung entscheidet die Mehrheit der abgegebenen gültigen Stimmen. Das Gesetz ist beschlossen, wenn mindestens ein Drittel der Stimmberechtigten zustimmt.

Gemeindeordnung für Baden-Württemberg

§ 21 (3): Über eine wichtige Gemeindeangelegenheit kann die Bürgerschaft einen Bürgerentscheid beantragen (Bürgerbegehren).

§ 21 (6): Bei einem Bürgerentscheid ist die gestellte Frage … entschieden …, sofern diese Mehrheit mindestens 30 vom Hundert der Stimmberechtigten beträgt.

§ 21 (7): Der Bürgerentscheid hat die Wirkung eines endgültigen Beschlusses des Gemeinderates.

Massenmedien

„Die Welt ist dank Glasfaser und Satellit zum Dorf geworden."

Ein Reporter interviewt deutsche Geiseln in einem Rebellencamp auf den Süd-Philippinen 2000.

„Das Allermeiste in unserem persönlichen Weltbild haben wir nie mit eigenen Augen erfahren, genauer: wohl mit eigenen Augen, doch nicht an Ort und Stelle; wir sind Fernseher, Fernhörer, Fernwisser. Man braucht dieses Städtchen nie verlassen zu haben, um den Schah von Persien aus drei Meter Entfernung zu kennen oder zu wissen, wie es tausend Meter unter dem Meeresspiegel aussieht. Kann heutzutage jeder wissen. Was für ein Zeitalter!"

(Max Frisch, Autor)

„Im Rumänien Ceaucescus war der Besitz einer Schreibmaschine meldepflichtig; bei der örtlichen Dienststelle der Securitate mussten Schriftproben hinterlegt werden. In der DDR setzte Ende der 80er-Jahre das Ministerium für Staatssicherheit mehrere hundert Mitarbeiter ein, um die Verfasser der ersten Untergrundzeitung zu ermitteln. ... Diktatoren mögen riesige Armeen befehligen, Polizeiapparate beherrschen, über ungeheure Machtmittel verfügen – und doch fürchten sie sich vor einigen bedruckten Seiten Papier."

(Bernhard Schreier, Vorstandsvorsitzender der Heidelberger Druckmaschinen AG)

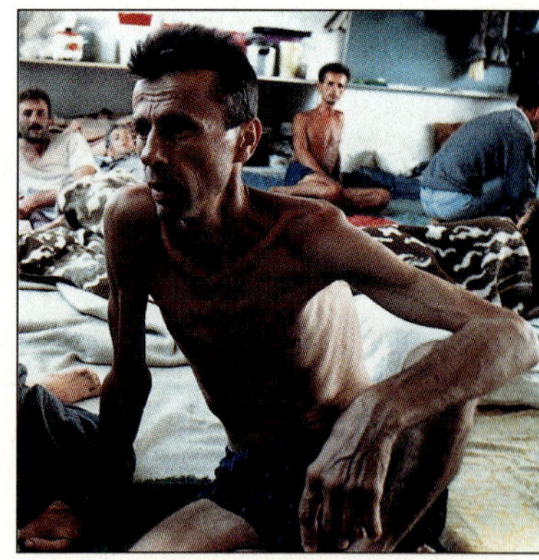

Bosnische Gefangene in einem serbischen Lager 1992

Astronaut Edwin Aldrin auf dem Mond 1969

„Erstens sieht es mittlerweile überall auf der Welt aus wie zu Hause, zweitens kennen wir das längst aus dem Fernsehen – und im Fernsehen war es schöner!"

(Josef Joffe, Journalist)

- 1969 sehen 600 Millionen Menschen Neil Armstrongs erste Schritte auf dem Mond.
- 1998 sehen 3,7 Milliarden Menschen die Fußball-WM.
- 2000 sehen drei Milliarden Menschen die Eröffnungsfeier der Olympischen Spiele in Sydney.

1. „Die Welt ist ein Dorf geworden."
   – Dieser Aussage stimme ich zu, weil ...
   – Dieser Aussage stimme ich nicht zu, weil ...
2. Der Zusammenhang zwischen Medien und Demokratie besteht darin, dass ...

In der Demokratie

Der ehemalige US-Präsident Bill Clinton mit seiner Frau Hillary 2000

Anlässlich des 50. Jahrestags der Gründung der dpa stellt die Direktorin des Instituts für Journalistik und Kommunikationsforschung in Hannover, Prof. Beate Schneider, am 18. August 2000 fest:

Die Medien haben sich in manchen Bereichen geradezu explosionsartig vermehrt; gleichzeitig wurden sie immer mehr zum Konsumgut und von „Massenproduzenten zu Spezialkonfektionären". Gleichzeitig hat das Publikum in den letzten fünf Jahrzehnten kaum mehr Geld für Medien ausgegeben; deshalb geht es auf dem Medienmarkt „in der Konkurrenz um Zeit und Geld der Mediennutzer praktisch nur um Umschichtungen". Die Angebote der Zukunft sind preiswert und zielgerichtet, das Internet prägt den Nachfragecharakter und erlaubt, „sich ganz gezielt individuell zu bedienen".

Pressekonferenz des ehemaligen Bundeskanzlers Helmut Kohl 2000

1. „Informationsgesellschaft" heißt ...
2. Moderne Massenmedien bieten folgende Vorteile: ...
3. Nachteile der Informationsflut?

Klar kennt man Hillary!

Ein Artikel über den Wahlkampf von Hillary Clinton um einen Senatorenposten war überschrieben mit „Die Dame ohne Nachnamen". Damit wird ein Phänomen angesprochen, das typisch ist für die Informationsgesellschaft. Informationen sind für jeden verfügbar und haben damit keinen Exklusivcharakter mehr. Personen des öffentlichen Lebens werden zu guten Bekannten, die man duzt und an deren Privatleben jeder teilnehmen kann. Die Massenmedien, also die massenhaft verbreiteten und allgemein zugänglichen Medien, sorgen dafür, dass jeder jederzeit Zugang zu Informationen aus allen Bereichen hat – sei es Politik, Wirtschaft, Sport, Kultur ... Nicht einmal mehr das Erscheinen der Zeitung oder die Nachrichtensendung im Fernsehen muss abgewartet werden – im Internet werden Informationen in kürzester Zeit aktualisiert; dutzende von Privatfernsehsendern, spezialisiert auf einen bestimmten Bereich wie Nachrichten, Börse, Sport, Wetter usw., erlauben den Zugriff auf Informationen nach Bedarf.

Die Kehrseite der Medaille: Durch den hohen Umsatz an Nachrichten wird oft schlampig recherchiert oder einfach unkontrolliert übernommen, was eine Agentur anbietet. Der Nutzer hat bei der Fülle der Informationen kaum eine Möglichkeit zwischen Wichtigem und Banalem zu unterscheiden.

Funktion der Massenmedien

Kultur **U**nterhaltung **B**ildung **I**nformation

Selbstverständlich kann nicht jedes Medium alles leisten – deshalb setzen sich insbesondere Zeitschriften und Privatsender Schwerpunkte, sowohl was den Inhalt als auch was die Zielgruppe angeht. Auch im Internet ist es manchmal notwendig, über Insiderwissen zu verfügen um an die entsprechenden Seiten zu kommen. Die öffentlich-rechtlichen Rundfunk- und Fernsehsender sind per Gesetz verpflichtet alle fünf Bereiche abzudecken, während die privaten Sender die Themen aussparen, die nur wenige interessieren.

Big Brother Fans bei der Abwahl einer Teilnehmerin

Über Geschmack kann man streiten und über das Niveau von Unterhaltung auch. „Big Brother" ist ein Beispiel dafür: Für die einen primitive Schlüssellochguckerei, für die anderen das Größte überhaupt, weil man hier ja „wirkliches Leben" beobachten kann. Reality ist Trumpf, seit die digitale Bildbearbeitung jeden Schwindel möglich macht. Der Journalist Tomo Pavlovic versucht eine Erklärung: „Vielleicht liegt's daran, dass bei „Big Brother" fast nichts passiert, aber immerhin passieren könnte. Irgendwann. Der große Bruder haust im Kopf und nicht in Köln-Hürth. Feinste Spannung ohne Ansage".

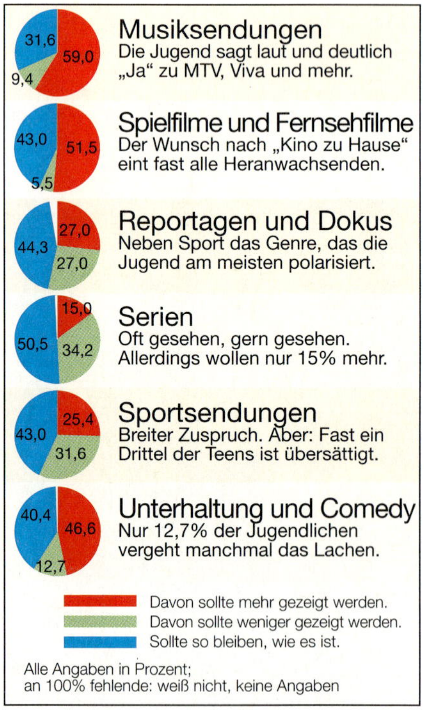

Umfrage unter 14–19-Jährigen nach ihren Vorlieben bei Fernsehsendungen

1. Zu jedem Buchstaben von KUBIK zwei Beispiele mit entsprechendem Schwerpunkt suchen (aus verschiedenen Medienbereichen).
2. An einem Tag in fünf verschiedenen Quellen (Tageszeitungen, Zeitschriften, Rundfunk, Fernsehen, Internet) Artikel suchen, die die Funktion „Kontrolle" haben.
3. An einem Schultag und an einem Tag am Wochenende die eigene Mediennutzung protokollieren und anschließend den fünf Bereichen zuordnen.

Die Macht der Medien

Kontrolle

Die Watergate-Affäre

Am 17. Juni 1972 wird im Hauptquartier der Demokratischen Partei in Washington D.C. eingebrochen. Zwei Reporter der Washington Post decken bei ihren Recherchen zu diesem Einbruch einen Politskandal auf, der u. a. ans Tageslicht bringt, dass Präsident Nixon im Weißen Haus Gespräche abhören ließ. Die Tonbänder dieser Gespräche sind verschwunden, Nixon wollte die Aufklärung des Einbruchs verhindern. Am 8. August 1974 musste er zurücktreten.

Nur wer gehört wird, kann etwas erreichen

Dieses Plakat war im „Spiegel" abgedruckt.

Bürgerinitiativen kämpfen zum Teil mit viel Engagement und wenig Geld für ihre Ziele.
Wenn eine Gruppe in Sachsen, die mit Schulprojekten gegen den Rechtsradikalismus unter Jugendlichen kämpft, Thema eines Artikels in einem großen Nachrichtenmagazin wird und ihre Plakate auch dort abgedruckt werden, erreichen sie mit einem Schlag tausende von möglichen Helfern.
Dadurch, dass die Medien etwas zum Thema machen, bestimmen sie auch den Stellenwert in der öffentlichen Diskussion.

Bei der Watergate-Affäre stürzte ein Präsident – und zwar durch Journalisten, die den Stein ins Rollen gebracht hatten. Damit haben die Medien ihre Kontrollfunktion ausgeübt, ein wichtiges Element eines demokratischen Staates und ein Baustein von KUBIK, mit dem sich eine wichtige Funktion der Massenmedien erklären lässt. Sie sorgen durch ständige Information der Bürger dafür, dass die größtmögliche Durchschaubarkeit des Staates gewährleistet ist (nicht umsonst war einer der ersten Schritte bei der Demokratisierung der Sowjetunion „Glasnost" = Offenheit).
Aber auch im Bereich der Unterhaltung ist die Macht der Medien enorm – DJs bestimmen, welche Pop-Stars die Spitzen der Charts erklimmen, eine Boulevard-Zeitung beeinflusst den Marktwert von Fußballern und Soaps treten Modetrends los.
Geradezu explosionsartig hat sich das Angebot im Bereich der Bildung durch das Internet vervielfältigt. Es gibt dadurch für jeden bequem von zu Hause aus Zugang zu Spezialinformationen aus allen denkbaren Wissensgebieten. Zeitschriften und Fernsehsendungen, die auf Bildungsangebote spezialisiert sind, haben dagegen einen schweren Stand. Aber auch die Kultur profitiert letztendlich von den Massenmedien durch Crossover in der Musik, Einblick in fremde Kulturen, religiöse Events usw.

1. Die Medien sind wichtig für den Erhalt der Demokratie, weil …
2. Man darf die Macht der Medien nicht unterschätzen, weil …

DIE 4. GEWALT

Die „Sebnitzer Chronik" des Falles Joseph Abdullah

➤ Juni 1997:
Der sechsjährige Joseph stirbt im „Spaßbad" von Sebnitz. Gerüchte machen die Runde:
Angeblich wurde der Junge von Neonazis ertränkt.

➤ Oktober 1997:
Die Eltern des Kindes erstatten Anzeige.

➤ Februar 1998:
Die Staatsanwaltschaft stellt die Ermittlungen ein. Die Eltern forschen weiter, sammeln Zeugenaussagen.

➤ November 1999:
Die Eltern des Jungen veranlassen eine erneute Obduktion der Leiche. In Josephs Blut finden sich Spuren eines Medikamentes. Wurde der Junge vor dem Ertränken auch noch vergiftet?

➤ Mai 2000:
Die Eltern schalten die Presse ein; veröffentlicht wird aber nichts.

➤ Juli 2000:
In einem Gutachten wirft das Kriminologische Institut Hannover der sächsischen Staatsanwaltschaft handwerkliche Mängel vor und fordert das Verfahren wieder aufzunehmen.

➤ September 2000:
Das Verfahren läuft wieder an. Zeugen werden vernommen. Auch die Staatsanwaltschaft glaubt jetzt, dass Joseph das Opfer eines Gewaltverbrechens wurde.

➤ 21./22. November 2000:
Drei Personen werden wegen Mordverdachts verhaftet.

➤ 23. November 2000:
Die „Bild"-Zeitung berichtet erstmals über den Fall. Neonazis versammeln sich vor dem Haus der Familie. Es gibt Morddrohungen.

➤ 27. November 2000:
Die Zeugen scheinen nun unglaubwürdig. Ein Verdächtiger hat ein Alibi. Die Haftbefehle werden aufgehoben.

➤ 30. November 2000:
Die Familie des toten Jungen, die für einige Tage aus der Stadt geflohen war, kehrt nach Sebnitz zurück. Die Staatsanwaltschaft ermittelt jetzt gegen die Mutter – wegen „Anstiftung von Zeugen zur Falschaussage".

(nach Zeitungsmeldungen)

Ein sarkastischer Kommentator meinte Anfang Dezember 2000 im ZDF, die ganze Aufregung habe auch ihr Gutes. Niemand rede mehr über die Sebnitzer Neonazis. Womöglich gebe es sie gar nicht mehr.
Tatsächlich macht sich Selbstgerechtigkeit breit. Auch Polizei und Staatsanwaltschaft wollen nicht daran erinnert werden, wie schlampig sie damals, nach dem Tod des Kindes, gearbeitet haben. Etwaige Spuren ins rechtsextreme Milieu wurden seinerzeit schon gar nicht verfolgt. Zu Recht? Weil es doch, wie wir heute wissen, mit großer Wahrscheinlichkeit kein Mord von Neonazis war? Nein, zu Unrecht. Weil ein solcher Tathintergrund zumindest nicht hätte ausgeschlossen werden dürfen!

1. Eine positive Auswirkung der Berichterstattung über den Fall Joseph war …
2. Eine negative Auswirkung war …
3. Der Kommentar spricht von Selbstgerechtigkeit. Damit ist gemeint …
4. Ich kann mir vorstellen, dass der „Stern" dem Fälscher aufgesessen ist, weil …

Ein Magazin blamiert sich

Konrad Kujau mit der „Stern"-Ausgabe der Hitler-Tagebücher, 1985

Am 28. April 1983 jubelt der Chefredakteur des „Stern": „Die Geschichte des Dritten Reiches muss teilweise umgeschrieben werden". Für 9,3 Millionen DM hat der „Stern" die Tagebücher Adolf Hitlers angekauft – so glauben die Redakteure.

Der Reporter Gerd Heidemann hatte bei Recherchen einen gewissen Dr. Fischer kennen gelernt, der ihm ein angebliches Tagebuch Hitlers anbot, das aus einer Kuriermaschine stammen sollte, die 1941 auf dem Gebiet der späteren DDR abgestürzt sei. Und es sollte noch mehr davon geben, insgesamt rund 60 Kladden. Diese Sensation war dem Stern 9,3 Millionen Mark wert.

Experten meldeten Zweifel an der Echtheit an, aber sie wurden abgewiesen. Erst als das Bundeskriminalamt, das Bundesarchiv und das Bundesamt für Materialprüfung einige Bände näher unter die Lupe nahmen, stellte sich heraus, dass die Tagebücher auf Papier geschrieben waren, das erst nach dem Krieg hergestellt wurde.

Die Echtheitszertifikate, die der Fälscher Konrad Kujau alias Dr. Fischer gleich mitgeliefert hatte, waren auf einer Schreibmaschine geschrieben, deren Typen es erst seit 1956 gibt.

1. Man spricht von der 4. Gewalt weil …
2. Die Kontrollfunktion der Medien kann auch fragwürdig werden, denn …
3. Ich als Mediennutzer muss skeptisch bleiben, da …

Wer kontrolliert die Kontrolleure?

Eine der fünf Funktionen der Medien ist die Kontrolle der Politik; deshalb werden sie auch als die 4. Gewalt bezeichnet (neben den drei Gewalten Legislative, Exekutive und Judikative). Medien decken Politskandale auf; Medien erreichen, wie im Fall des kleinen Joseph, dass fragwürdige Vorgänge nicht totgeschwiegen werden können. Die moderne Informationsgesellschaft hat Informationen demokratisiert; jeder, der will, kann sich über nahezu alle Gebiete umfassend informieren. Deshalb versuchen Diktaturen die Medien unter Kontrolle zu bekommen und ihren Bürgern den freien Zugang zu Informationen zu erschweren. Im Zweiten Weltkrieg war es verboten, „Feindsender" zu hören; in der DDR war es verboten, Westfernsehen zu empfangen; in anderen Ländern dürfen missliebige Journalisten schon gar nicht einreisen.

Aber, wie sich im Fall der Hitler-Tagebücher zeigt, ist die Öffentlichkeit den Medien auch ein Stück weit ausgeliefert. Der Einzelne hat kaum eine Chance den Wahrheitsgehalt einer Meldung nachzuprüfen. Meist wird eine „Ente" dadurch entlarvt, dass alle anderen Medien, die diese Topmeldung nicht hatten, mit allen Mitteln versuchen der Konkurrenz wenigstens einen Fehler oder Schlampigkeit nachzuweisen und damit auch einen Treffer zu landen.

4. Gewalt – 4. Gewalt – 4. Gewalt – 4. Gewalt – 4. Gewalt

MEINUNGS- INFORMATIONS- PRESSE- FREIHEIT

Presse- und Informationsfreiheit sind wesentliche Merkmale demokratischer Staaten. In Deutschland ist das Recht auf Information gegenüber Behörden sogar einklagbar (so weit gehen wenige Staaten auf der Welt). In vielen anderen Ländern wird die Presse durch Verbote und Repressalien massiv in ihrer Arbeit behindert. 1999 starben weltweit 50 Journalisten in Ausübung ihres Berufes, einige davon in Gefängnissen.

Grundgesetz

Artikel 5:

(1) Jeder hat das Recht, seine Meinung in Wort, Schrift und Bild frei zu äußern und zu verbreiten und sich aus allgemein zugänglichen Quellen ungehindert zu unterrichten. Die Pressefreiheit und die Freiheit der Berichterstattung durch Rundfunk und Film werden gewährleistet. Eine Zensur findet nicht statt.

Darstellung von 1848

Allgemeine Erklärung der Menschenrechte

Artikel 19:

Jeder hat das Recht auf Meinungsfreiheit und freie Meinungsäußerung; dieses Recht schließt die Freiheit ein, Meinungen ungehindert anzuhängen sowie über Medien jeder Art ohne Rücksicht auf Grenzen Informationen und Gedankengut zu suchen, zu empfangen und zu verbreiten.

Wie viel Pressefreiheit braucht ein Staatswesen um sich demokratisch zu nennen? Und wie viel Pressefreiheit verträgt eine Demokratie?

Gabriele Krone-Schmalz, Journalistin und Autorin:

„Die folgende Geschichte stürzte mich zu Beginn meiner journalistischen Laufbahn in tiefe Gewissensnöte. Für ein politisches Magazin sollte ich einen Fernsehbeitrag über Neonazis machen. Ich hatte brisante Informationen zusammengetragen, mithilfe engagierter Kameraleute spannendes Bildmaterial zur Verfügung und auch einen kritischen Ansatz parat. Meine inneren Konflikte gipfelten in der Frage: Dient mein Film zur Warnung oder mache ich Werbung? Selbstverständlich war es meine Absicht zu informieren – die klassische Aufgabe eines Journalisten –, aufzuklären, gegen Menschen verachtende Gedanken und Ideen zu immunisieren. Gleichzeitig gab ich genau diesen Gedanken und Ideen eine attraktive Plattform. Unsere Sendung erreichte Millionen von Zuschauern. Ein Verbreitungsgrad, von dem jede Werbeagentur nur träumen konnte."

1. G. Krone-Schmalz spricht einen Konflikt an, in dem sich Journalisten immer wieder befinden. Ein aktuelles Beispiel suchen und daran den Zwiespalt zwischen Warnung und Werbung erklären.
2. „Horrorparty im Elternhaus": Wie kommt eine Party in die Zeitung? Die Gratwanderung zwischen „Information weitergeben" und „Sensationsgier befriedigen" erläutern.

Horrorparty im Elternhaus

Polizei sucht nach Vandalen

Dollern (dpa). Nach der Verwüstung eines Einfamilienhauses bei einer Schülerparty im niedersächsischen Dollern sucht die Polizei nach den Vandalen. Sie hatten am Wochenende im Elternhaus eines 14-jährigen Jungen einen Schaden zwischen 50 000 und 100 000 Mark angerichtet. Nur sieben Gäste waren eingeladen gewesen, doch mehr als 30 ungebetene Gäste waren gekommen. Im Verdacht steht unter anderem eine Jugendgang aus der Schule des jungen Gastgebers. Laut Polizei verwüsteten die Täter die Kleiderschränke, verschmierten Lebensmittel auf Boden und Wänden und beschädigten Möbel. Zudem raubten sie Bargeld in Höhe von 1000 Mark sowie Schmuck. Mit dem Sportwagen des Vaters hatten sie eine Spritztour unternommen. Während die Eltern verreist waren, wollte der Sohn eine Party mit Freunden im kleinen Kreis feiern. Gegen den Andrang von immer mehr ungebetenen Gästen und ihren Vandalismus konnte er sich nicht wehren. (Badische Zeitung, 5.10.2000)

Sensationsjournalismus

Artikel 5 GG:
(2) Diese Rechte finden ihre Schranken in den Vorschriften der allgemeinen Gesetze, den gesetzlichen Bestimmungen zum Schutze der Jugend und dem Recht der persönlichen Ehre.

„Nichts ist verblüffender als die einfache Wahrheit."

Dieser Satz von Egon Kisch, einem der berühmtesten deutschen Reporter in den 20er-Jahren, scheint heute nicht mehr zu gelten. Der Kampf um Verkaufszahlen bei Printmedien und Einschaltquoten beim Fernsehen treibt immer seltsamere Blüten:

Janet Cooke, Reporterin bei der „Washington Post", gewinnt 1981 den begehrtesten Journalisten-Preis der Welt, den Pulitzer-Preis, für eine Reportage über einen achtjährigen Heroinabhängigen.
Die Reportage ist anrührend und schockierend zugleich und beeindruckt die Juroren zutiefst. Einziges Manko: Die Geschichte ist von vorne bis hinten erfunden.

Prinzessin Stephanie von Monaco bringt im November 1992 einen Sohn zur Welt. Im Bestreben, den Leserinnen zuerst das Kind zu zeigen, bringt „Die Aktuelle" bereits fünf Monate vorher ein Foto von Stephanie mit Baby.

Krieg als Medienspektakel: Amerikanische Truppen landen 1992 in Mogadischu. Das Fernsehen ist live dabei.

1. Pressefreiheit wird immer wieder missbraucht, und zwar ...
2. Es gibt zwar keine Pressezensur, aber die Medien haben keine Narrenfreiheit. Begründe.
3. Meinungsfreiheit ist ein hohes, aber auch gefährliches Gut. Erklärung?

Only bad news are good news

Das ist heute ein wesentlicher Grundsatz beim Kampf um die Quote, die Einschaltzahlen, die über die Werbeeinnahmen und damit über den wirtschaftlichen Erfolg der privaten Fernsehsender entscheidet. Die Pressefreiheit wird oft missbraucht um Meinungen zu „machen". Wer keinen guten Draht zu den Medien hat, hat keine Chance ganz nach oben zu kommen. Der Übergang zwischen Meinungsfreiheit und Rufmord ist teilweise fließend.
In Deutschland gibt es den Presserat, der in einem Pressekodex die 16 publizistischen Grundsätze festgelegt hat, an die ein Journalist sich halten sollte (z.B. „wahrhaftige Unterrichtung der Öffentlichkeit"). Der Presserat rügt Publikationen, die gegen die Berufsethik verstoßen.
Man ist den Medien aber nicht hilflos ausgeliefert. Gegen Tatsachenbehauptungen gibt es das Recht auf Gegendarstellung; es gibt ein „Recht am eigenen Bild" – sofern man keine Person von öffentlichem Interesse ist. Auch gegen Gewaltverherrlichung, sittliche Gefährdung von Jugendlichen und Hochverrat in den Medien gibt es gesetzliche Handhaben. Viele Menschen wollen allerdings gar nicht, dass ihr Privatleben geschützt wird, sondern machen sich selbst zu Objekten öffentlicher Neugier („Big Brother").

Quote – Pressefreiheit – Meinungsfreiheit – Sensationsjournalismus

Multimedia

„Die Informationsgesellschaft treibt sich auch im Dorf herum", titelte eine Tageszeitung zu der Zusammenstellung von Gemeinde-Homepages. Firmen, Gemeinden, Schulen, Privatleute ... – eine Homepage muss sein, wenn man nicht in den Verdacht geraten will in der Mediensteinzeit zu leben. Die Menge der Informationen, die durch einen Mausklick vom heimatlichen Computer aus in kürzester Zeit zu bekommen ist, ist unüberschaubar.

Schöne neue Informationsgesellschaft oder massenweise Infomüll?

Der Kommunikationswissenschaftler Norbert Bolz sieht ein zentrales Problem des Internet-Zeitalters in der Glaubwürdigkeit der Informationen, denen man ausgesetzt ist. Selbst ein „Original-Foto", das im ersten Augenblick ein hohes Maß an Realismus zu garantieren scheint, ist im Zeitalter der digitalen Fernsehtechnik kein beweiskräftiges Dokument mehr. Gefälscht wurde schon, seit es Medien gibt; was die Dinge immer schwieriger macht, ist die Möglichkeit der spurlosen Fälschung durch die Digitalisierung.
Unsere Welterfahrung ist weitgehend eine Medienerfahrung; die Medien inszenieren die Wirklichkeit und weil die Sehnsucht des Zuschauers nach der „wirklichen Wirklichkeit" immer größer wird, bieten die Medien mit Reality-TV, Shockumentaries und Schlüsselloch-Fernsehen wie „Big Brother" die Befriedigung auch dieser Bedürfnisse.

Aber wie umgehen mit dieser Situation?
„Daten sind virtuelle Informationen, die durch Abfrage in aktuelle Informationen verwandelt werden. Das ist der Hintergrund der bekannten Online-Verheißungen: „information at your fingertips" oder „einen Mausklick entfernt". Wer sich davon faszinieren lässt, übersieht leicht, dass Information kein Maß für den Wert einer Botschaft ist. Sinn und Unsinn, Börsenkurse und Regionalliga-

ergebnisse, Gottesdienstzeiten und Immobilienanzeigen – informationstechnisch ist das alles dasselbe. Und mit Wissen hat das zunächst einmal gar nichts zu tun."
(Norbert Bolz)

Drei verschiedene Homepages (von Schulen, Gemeinden, Firmen ...) analysieren:
- Aufmachung: Bild-Text im Verhältnis; Ton oder Video?; ganze Seite grafisch gestaltet oder nur „Patchwork"?
- Informationsgehalt: nur Statistik (Schüler/ Einwohner ..., Größe, seit wann) oder auch spritzige Texte; aktuell oder einmal für die Ewigkeit gemacht; allgemein oder zielgruppenbezogen.

Verlässlichkeit durch Redundanz

Wenn eine Information durch mehrere Quellen bestätigt wird, dann spricht einiges dafür, dass sie stimmt! Also: Tageszeitung lesen, Radio hören, Fernsehnachrichten verfolgen und im Internet surfen – dann bin ich einigermaßen ordentlich informiert.

„Bei aller Euphorie über die mediale Revolution: Bis auf weiteres wird es wohl beim 24-Stunden-Tag bleiben. Der Hunger des Publikums nach Mehr hält sich in Grenzen und der Couchpotatoe kommt häufiger vor als der aktive Mediennutzer."

Volker Herres, Chefredakteur beim NDR

„In der Datenflut der Multimedia-Gesellschaft kann Mehrwert nur heißen: weniger Information."

Norbert Bolz, Kommunikationswissenschaftler

„Die meisten Benutzer ertrinken in der Datenflut des Internets, und die Situation wird sich verschlimmern."

David Rosenthal in: Internet. Schöne neue Welt?

„Das Internet gestattet es uns, schnell zu sein. Manchmal ist es eine Frage von Stunden, wenn man zum Beispiel Hinrichtungen verhindern will. Wir können durch das Internet die Kommunikation wesentlich beschleunigen. Wir können schneller und damit besser helfen."

Harald Gesterkamp, amnesty international

„Das Internet ist eine große Chance für die Menschheit." – Argumente gegenüberstellen, die für und gegen diese Aussage sprechen.

1. Infomapping heißt …
2. Das Hauptproblem bei der Info-Flut ist …
3. Ein solides Wissen ist Voraussetzung für den Umgang mit Multimedia, weil …

Wissen ist Macht

Früher gab es das Ziel des universell gebildeten Menschen – heute verdoppelt sich das Weltwissen innerhalb kurzer Zeit und Spezialwissen in manchen Bereichen, zum Beispiel in der Informatik, hat zum Teil noch eine Halbwertzeit von weniger als einem Jahr. Muss man also den Satz ändern: Information ist Macht?

Infomapping nennt man das heute: wissen, wo man das Wissen herbekommt. Das mag ja ganz wunderbar sein für Wissenschaftler, aber was mache ich, wenn ich ein Referat schreibe; woher weiß ich, was meine Informationen taugen? Das Problem an den Möglichkeiten, die uns die Multimedia-Welt eröffnet, ist die Bewertung, Auswahl und Zuverlässigkeit der Informationen und nicht mehr ihre Verfügbarkeit.

Das bedeutet also, dass der alte Spruch von der Macht durch Wissen weiterhin gilt. Je mehr Informationen ohne Probleme für alle zugänglich sind, umso wichtiger ist ein Wissens-Fundus, der es mir ermöglicht, auf Informationen zu verzichten, weil sie für mich keinen Wert haben. Wenn ich im Internet „Mozart" in eine Suchmaschine eingebe und tausende Treffer erziele, ist das keine Steigerung der Qualität gegenüber dem, was mir ein vernünftiges Lexikon bietet, denn die Suchmaschine bietet alles, von Konditoreien mit Mozartkugeln bis zu Friseuren mit entsprechenden Perücken.

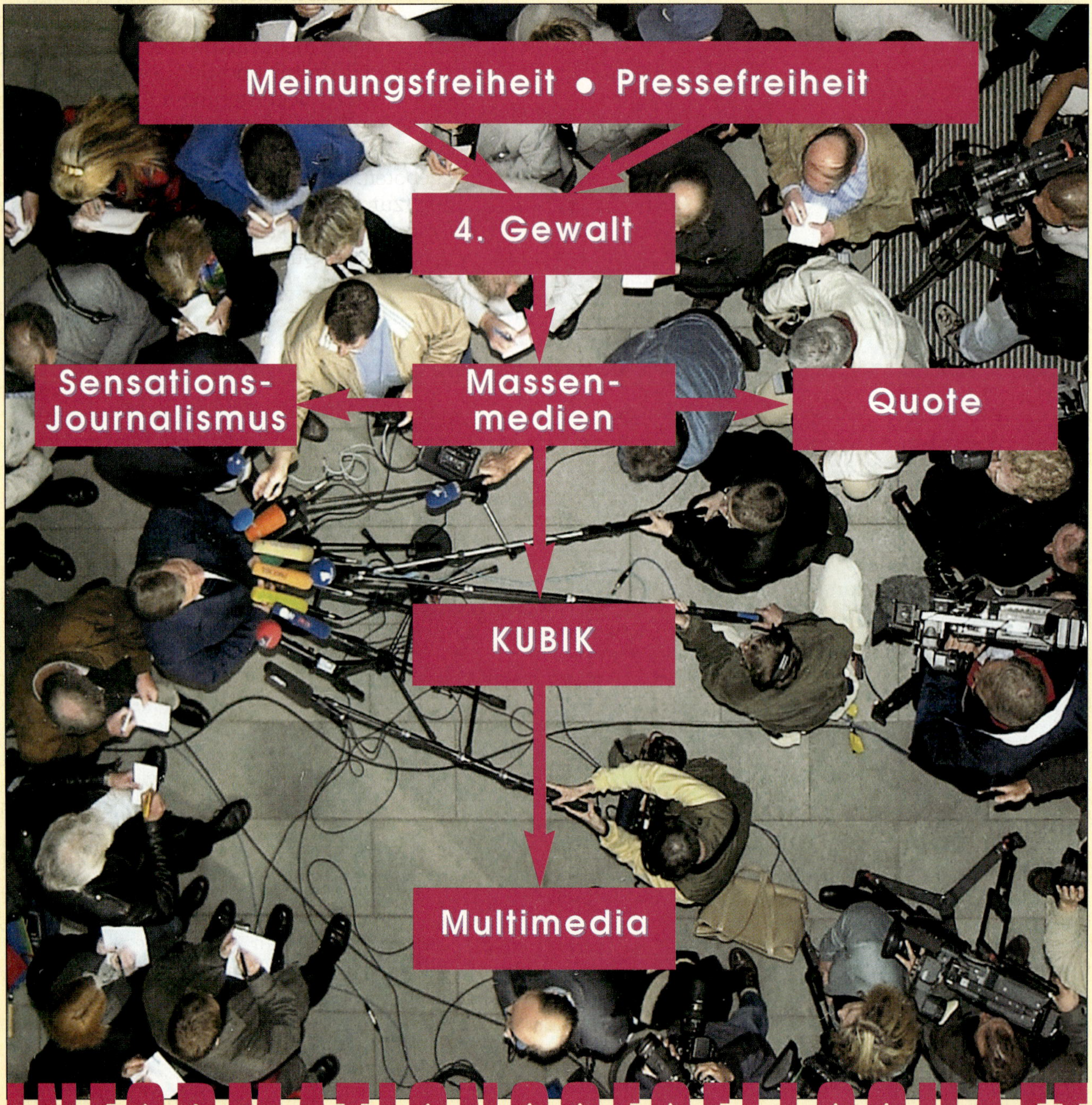

INFORMATIONSGESELLSCHAFT

Kern-Info

Die Meinungsfreiheit als eines der höchsten Güter der Demokratie ist sowohl im Grundgesetz abgesichert als auch in der UN-Menschenrechtserklärung ein wichtiger Artikel. Ganz eng dazu gehört die Pressefreiheit, die die Veröffentlichung jeder Meinung garantiert. Wirklich jeder? Auch die Meinungs- und Pressefreiheit hat ihre Grenzen. Beleidigungen, Verrat von Staatsgeheimnissen, Aufrufe zu Straftaten z.B. sind verboten; das hat nichts mehr mit persönlichen Freiheiten zu tun, sondern ist einfach strafbar.

Besonders geschützt durch das Gesetz gegen persönliche Verunglimpfungen sind Politiker, die naturgemäß bevorzugte Zielscheiben für Angriffe in den Massenmedien sind. Gerade bei Journalisten, die ihre Kontrollaufgabe als 4. Gewalt im Staat sehr ernst nehmen, sind die Übergänge zwischen sachlicher Kritik an politischen Entscheidungen und persönlichen Attacken gegen die betreffenden Politiker manchmal fließend. Insbesondere wenn es um die Aufdeckung politischer Skandale geht, bewegen sich Journalisten oft auf dünnem Eis.

In den meisten Medien geht es allerdings nicht in erster Linie um die Kontrolle, sondern um die anderen Elemente von KUBIK, in erster Linie oft um die Unterhaltung. Mit Unterhaltung ist die Mehrzahl des Publikums zu erreichen, wobei die privaten Medienanbieter fast nur auf Unterhaltung setzen; wenn Informationen angeboten werden, dann dort meist in der Form von „Infotainment", also locker flockig verpackt, damit der Mediennutzer ja nicht weiterzappt zu weniger anstrengenden Kanälen.

Den privaten Anbietern sitzt ständig die Quote im Nacken; wenn die Zuschauerzahlen niedrig sind, ist die Sendung auch für Werbekunden uninteressant und die Werbeblocks können nicht entsprechend teuer verkauft werden. Und weil Kultur und Bildung in den Medien die Massen nicht zu Begeisterungsstürmen hinreißen, werden diese Bereiche fast nur noch von den öffentlich-rechtlichen Sendern oder aber ausgesprochenen Spezialisten angeboten, die ganz gezielt eine eng umrissene Zielgruppe (zum Beispiel Literaturliebhaber oder Liebhaber klassischer Musik) ansprechen.

Der Kampf um die Quote führt auch dazu, dass der Sensationsjournalismus sich über die Berufsethik, über die der Presserat wacht, hinwegsetzt. Ein besonders erschütterndes Beispiel war eine Geiselnahme, bei der die Gangster mit ihren Geiseln vor laufenden Kameras durch Westdeutschland zogen und die Öffentlichkeit an der Angst und Verzweiflung der Geiseln teilnehmen konnte. Dass diese Aktion für eine junge Frau tödlich endete, führte immerhin zu Diskussionen über die Mitschuld der Medien. Inzwischen berichten seriöse Medien auch nicht mehr über Dinge, die zu Nachahmungstaten veranlassen können (wie Selbsttötung oder Bombendrohungen zum Beispiel).

In einer Informationsgesellschaft wie der unseren wird es allerdings immer schwieriger, den Schutz der Persönlichkeitsrechte gegen die Neugier der Medien durchzusetzen. Denn inzwischen gibt die Welt der Multimedia jedem, der sich produzieren will, eine Plattform – in Talkshows, in Radio-Telefonsendungen und vor allem im Internet. Das Problem besteht darin, einen Weg zu finden das Internet zu kontrollieren, ohne die Grundrechte der Meinungs- und Pressefreiheit zu verletzen.

PRÄSENTATION

Meinungsfreiheit

Pressefreiheit

Massenmedien

4. Gewalt

KUBIK

Quote

Sensationsjournalismus

Informationsgesellschaft

Multimedia

1. Einen **Vortrag** halten
   (siehe Seite 24)

2

Ein Plakat entwerfen

3. Ein **Feature** ausarbeiten
   (siehe Seite 70)
4. Eine **Computeranimation** gestalten
   (siehe Seite 90)

Ein Plakat entwerfen:

Das neue Album einer bekannten Rockgruppe, der aktuelle Film im Kino oder die Ankündigung eines Live-Konzerts: Auf einem Plakat an der Litfaß-Säule oder am schwarzen Brett in der Schule muss auf einen Blick klar sein, worum es geht. Die wichtigste Information muss ins Auge stechen, am besten farblich abgehoben von der restlichen Mitteilung.

Wie geht es genau?

Auf diesem Plakat soll dem Betrachter der Inhalt auf möglichst interessante und anschauliche Art und Weise vermittelt werden. Deshalb ist hier auch eine klare Struktur wichtig (im Gegensatz zur Collage, bei der Material zu einem Thema eher „ungeordnet" gesammelt und präsentiert wird).
Alle Schlüsselbegriffe müssen vorkommen und durch eine klare Grafik miteinander in Bezug gebracht werden.
Farblich sollten die Schlüsselbegriffe als zentrale Größen von anderen Begriffen auf dem Plakat abgehoben sein.
Außerdem werden durch verschiedene Schriftgrößen die Informationen in ihrer Bedeutung unterschieden und gewichtet. Das Wichtigste ist am größten und die Hintergrundinformation kleiner.
Das Plakat soll es ermöglichen, auch Außenstehende über die behandelte Thematik auf einen Blick zu informieren.
Das fertige Plakat soll noch in der Klasse diskutiert werden.

Karikatur – oder: Was hat das mit dem Thema zu tun?

Karikaturen und Cartoons sind zeichnerische Darstellungsformen.
Es werden Sachverhalte aus Politik, Wirtschaft oder Gesellschaft in einer übertriebenen Form dargestellt. Herauszufinden ist, was der Zeichner aussagen will:

1. Was ist dargestellt, d.h. wie könnte die Überschrift lauten?
2. Wie stellt der Zeichner das Thema dar? In der Regel lässt sich zu einer Karikatur eine Geschichte erzählen.
3. Ist aus der Karikatur eine bestimmte Einstellung oder Meinung oder Deutung des Zeichners zu erkennen? Wie lässt sich die Geschichte auf die Wirklichkeit übertragen?
4. Jeweils drei der Schlüsselbegriffe müssen anhand eines Bildes besprochen werden.
5. Wer gut zeichnen kann, der entwirft eine eigene Karikatur oder ein Cartoon. Wer nicht zeichnen mag, der sucht nach einer aktuellen Karikatur zum Thema.

1

2

„Und hier ist noch eins von mir, wie ich die Fotos von Prinz William anschaue."

3

Eine saubere Recherche ist das A und O
Die Grundsätze journalistischer Arbeit

Wer zum Beispiel einen Politskandal aufdecken will, muss sorgfältig recherchieren, das steht außer Frage. Aber wie ist es mit dem Tagesgeschäft? So ein Artikel zum Beispiel über die Suche nach einem Friseur ist doch sicher in wenigen Minuten heruntergeschrieben?
Die Autorin Cathrin H. schreibt seit fünf Jahren für verschiedene Magazine und berichtet über ihre Arbeit.

Interview mit Cathrin H., 24 J.

Haargenau richtig

Die Suche nach einem neuen Friseur erweist sich oft als schwieriges Unterfangen. Diese Punkte verraten Ihnen auf die Schnelle, ob Sie im neuen Salon glücklich werden.

EMPFANG
Machen Sie den ersten Termin vor Ort ab. „Je entspannter die Atmosphäre ist, umso mehr konzentriert sich der Friseur auf den Schnitt", sagt Friseurmeisterin Anja Hildebrandt aus Hamburg. Wenn Sie sich auf Anhieb wohl fühlen, ist es Ihr Laden. Wenn nicht, sagen Sie telefonisch ab.

BERATUNG
Beschreiben Sie Ihre Wünsche haargenau. „Wie lang ein Zentimeter ist, definieren Friseur und Kunde oft unterschiedlich", sagt Werner Ruh, Friseurmeister in Freiburg. Bleiben Sie realistisch. Feines Haar wird nie zum voluminösen Bob. Ein Plus, wenn man Sie darauf hinweist. Drängt Sie der Coiffeur zu etwas, das Sie nicht wollen – gehen Sie.

WASCHEN
Werden Sie gleich zum Waschtisch geschickt? Nicht gut. „Ihr Friseur muss das Haar im trockenen Zustand sehen, um Gesundheit und Struktur bestimmen zu können", so Peter Fröhner von „Box Haare" in Hamburg – dickes Minus, wenn er es nicht tut. Waschen darf der Lehrling.

ORDNUNG
Sieht es gerade etwas chaotisch aus? Das muss nichts heißen. Anja Hildebrandt: „Wenn man viel Stress hat, kommt man oft gar nicht dazu aufzuräumen." Allerdings: Das Handwerkszeug muss schon sauber sein.

PREIS
Ein Salon, der pro Stunde einen Kunden terminiert, ist zu Recht teurer als einer, der eine halbe Stunde ansetzt. Faustregel: Unter 50 Mark ist günstig, ab 100 Mark beginnt die gehobene Preisklasse. „Dass Frauen für einen Schnitt mehr zahlen müssen als Männer, ist der älteste Zopf überhaupt", sagt Barbara Preiss von Vidal Sassoon in München.

P.: Dieser Artikel erschien in dem Lifestyle-Magazin „Modern Living". Ist so etwas überhaupt eine ernst zu nehmende Aufgabe für eine Journalistin?
C.: Unbedingt! Ehe der Traum eines Journalisten, nämlich die Titel-Geschichte im Spiegel oder der Leitartikel in der Süddeutschen, in Erfüllung geht, musst du schon an solchen Texten zeigen, dass du dein Handwerk beherrschst.
P.: Dann schildere uns doch, wie deine Vorarbeit aussieht.
C.: Zuerst musst du dir im Klaren darüber sein, dass nur ein kleiner Teil der Informationen, die du sammelst, später veröffentlicht wird. Du brauchst ein fundiertes Hintergrundwissen, damit du das Wesentliche vom Unwesentlichen unterscheiden kannst. In einem Artikel geht es nicht, wie in einer wissenschaftlichen Facharbeit zum Beispiel, um möglichst breite Infos, sondern um eine möglichst kurze und allgemein verständliche Darstellung, die die Bedürfnisse des Lesers trifft.
Dazu brauchst du verschiedene Informanten, damit dann die Schnittmenge zeigt, worauf es den meisten ankommt.
P.: Und wie kommst du an die Informanten?
C.: Da ich in Hamburg lebe, kenne ich dort geeignete Salons, aber da

M.L. bundesweit erscheint, müssen natürlich auch Friseure aus dem Süden zu Wort kommen. Da hilft ein Anruf bei den Innungen oder, wie bei Vidal Sassoon, bei der Pressestelle.
P.: Stichwort „zu Wort kommen". Ist das notwendig, dass man bestimmte Leute zitiert?
C.: Es ist üblich, durch Zitieren deutlich zu machen, dass ich mir nichts aus den Fingern gesogen habe, sondern dass ich tatsächlich jemanden gefragt habe, der etwas davon versteht. Schließlich ist die Glaubwürdigkeit ein wichtiges Kapital im Mediengeschäft.
P.: Aber es wird doch eine Menge erfunden und gelogen? Wie verträgt sich das damit?
C.: Klar wird auch getürkt, aber wenn du deinen Chefredakteur einmal mit so etwas geleimt hast und der merkt das, dann bist du aus dem Geschäft – und nicht nur bei dieser Zeitung. Man kennt sich in der Branche.
P.: Du meinst also tatsächlich, dass das journalistische Berufsethos für die meisten gilt?
C.: Sicher, sorgfältige Recherche und Wahrheitspflicht gelten für alle Medien und, ob man es glaubt oder nicht, einige der BILD-Journalisten gehören zu den besten Leuten, was das journalistische Können angeht.
Falschmeldungen werden in den seltensten Fällen bewusst verbreitet; man kann allerdings Aussagen auch dadurch manipulieren, dass man sie aus dem Zusammenhang reißt. Das ist zum Beispiel Uli Hoeneß mit seiner Bemerkung über den Gebrauch von Drogen im Zusammenhang mit Christoph Daum passiert. Plötzlich wird ein Halbsatz zur Nachricht und er zum Buhmann der Fußballnation.
P.: Hinterher hat sich doch dann herausgestellt, dass viele im Umfeld der Bundesliga wussten, dass dort gekokst wird, und nicht nur von Daum. Weshalb hat das niemand früher aufgedeckt? Das wäre doch die Story gewesen!
C.: Klar haben es viele gewusst. Aber wissen und veröffentlichen sind zwei Paar Stiefel.
Erstens muss man eine so schwer wiegende Anschuldigung beweisen können, denn schließlich kann eine solche Enthüllung Existenzen vernichten, wie man gesehen hat. Auch die Medien müssen das Recht auf Unverletzlichkeit der Person respektieren, sofern an einer Information kein öffentliches Interesse besteht oder der Wahrheitsbeweis nicht angetreten werden kann.
Zweitens hat jeder gute Journalist in seinem Arbeitsfeld jede Menge Beziehungen und erfährt vieles, was interessant werden kann. Allerdings nur dann, wenn seine Informanten wissen, dass er sie in keinem Fall in Schwierigkeiten bringen wird. Mein Spezialgebiet zum Beispiel ist Pop-Musik. Ich schreibe für verschiedene Printmedien und auch für Online-Zeitungen (z.B. Spiegel online). Dadurch habe ich inzwischen einige Leute aus diesem Bereich kennen gelernt, ich habe auch einige Freunde im Musik-Business. Da gibt es durchaus Gerüchte, die zu einer heißen Nachricht werden können, wenn sie an die Öffentlichkeit kommen. Aber ich würde nie etwas veröffentlichen, wenn ich mir nicht sicher wäre, dass es stimmt.
(Quelle: Original-Interview)

Deine Story

1. Vorarbeit
- Ein Thema wählen (z. B. über Freizeitaktivitäten für Jugendliche wie Vereine, Discos …).
- Sich für geeignete Informanten entscheiden (mindestens drei verschiedene).
- Interviews machen (evtl. auch Bilder).
- Überlegen, wer Zielgruppe des Artikels sein soll (Schülerzeitung, Jugendseite der Lokalzeitung, Gemeindeblatt, Online-Zeitung …).

2. Schreiben
- Wichtige Infos auswählen, Unwichtiges ins Archiv.
- Flott schreiben, du verfasst keine Facharbeit.
- Einige Zitate einarbeiten (Personalisierung).

3. Überprüfen
Hast du die Grundsätze verantwortungsbewusster journalistischer Arbeit eingehalten?
☞ *Sorgfaltspflicht*
☞ *Wahrheitspflicht*
☞ *Respekt vor den Persönlichkeitsrechten anderer Menschen*

Informationen – Sensationen

Der Mann mit der schwarzen Maske

So überschrieb die Bild-Zeitung am 2.11.2000 einen Artikel über die Suche nach dem Mörder des elfjährigen Tobias in Weil im Schönbuch.
Nach einer Zusammenfassung der bereits bekannten Tatsachen – „ermordet mit einer Vielzahl von Messerstichen und verstümmelt war der Schüler aus Weil im Schönbuch Montag um 22 Uhr bei einer Suchaktion hinter einer Fischerhütte beim ‚Angelsee am Dörschach' entdeckt worden" – folgt etwas Neues:
Nach Informationen der Zeitung hatte ein ebenfalls Elfjähriger am Angelsee einen Mann in einem dunklen Van beobachtet, der eine Motorradmütze über dem Gesicht trug.
Außerdem wird in dem Artikel ein Oberstaatsanwalt zitiert, der erklärt, man tappe noch völlig im Dunklen; eine Hausfrau vermutet, der Mörder stamme aus dem Ort und der katholische Pfarrer sagte der Zeitung, man müsse über die Vorgänge reden und er werde sie in seiner Sonntagspredigt aufgreifen.

Suche nach Kindermörder

WEIL im Schönbuch (bik). Die Kriminalpolizei hat noch keine Spur von dem Täter, der am Montag einen elfjährigen Buben in Weil im Schönbuch (Landkreis Böblingen) erstochen hat. Bislang konnte die Polizei auch die Tatwaffe nicht finden, obwohl am Dienstag mehr als 300 Beamte die Umgebung des Tatorts, eines Fischweihers, weiträumig nach Spuren abgesucht hatten. Eine Sonderkommission arbeitet eng mit den Ermittlern zusammen, die die seit dem 5. Oktober vermisste Alexandra aus Filderstadt-Bonlanden suchen. Von der Sechsjährigen fehlt jede Spur. Bis jetzt gebe es keine Zusammenhänge, erklärte die Polizei. Beide Tatorte liegen rund zehn Kilometer Luftlinie auseinander.
Der Elfjährige war am Montagnachmittag zu einem Fischweiher am südlichen Ortsrand der 9500-Seelen-Gemeinde geradelt. Als er nicht, wie verabredet, bei Einbruch der Dunkelheit nach Hause gekommen war, suchten die Eltern zunächst allein, später zusammen mit der Polizei nach dem Vermissten. Gegen 22 Uhr fanden der Vater und Beamte den Buben tot bei dem Weiher. Die Obduktion ergab nach Angaben der Polizei, dass er durch zahlreiche Messerstiche getötet worden ist. Die Staatsanwaltschaft hat eine Belohnung von 5000 Mark ausgesetzt.

(Stuttgarter Zeitung, 2.11.2000)

Fall Tobias: 60 Speichelproben negativ

Zehn Polizeitrupps mit 20 Beamten ermitteln in Weil im Schönbuch – 400 Hinweise und Spuren

Auch nach der Untersuchung von 60 Speichelproben, die Bürger aus Weil im Schönbuch abgegeben haben, tritt die Polizei im Mordfall Tobias immer noch auf der Stelle. Bei den Verhören des tatverdächtigen Jugendlichen kommt die Soko nicht voran.

Der Mordfall Tobias wird immer rätselhafter: Nach der Verhaftung des 16-jährigen Jugendlichen aus Weil im Schönbuch am 10. November hatte alles noch nach einer raschen Klärung des Verbrechens ausgesehen. Seine eigenen widersprüchlichen Aussagen und Hinweise aus der Bevölkerung hatten zu der Verhaftung des Schülers geführt. Es schien nur noch eine Frage von Tagen zu sein, bis die Polizei auf weitere entscheidende Spuren oder einen Mittäter stoßen würde, mutmaßte man in dem 9500-Seelen-Ort. Doch nichts von alledem. Die Polizei tappt trotz aller Bemühungen weiterhin im Dunkeln.
(...)

Zurzeit sind zehn Trupps mit jeweils zwei Sokobeamten in Weil im Schönbuch unterwegs. Immer noch gehen neue Hinweise von Bürgern ein. Die Zahl der Spuren sei auf 400 angewachsen. „Die Nachforschungen werden immer komplexer", klagt Böhm. Das Hauptproblem der Ermittlungen sei der unter dringendem Tatverdacht stehende Jugendliche selbst, den ein Polizeisprecher als „schwierige Persönlichkeit" einstuft. In drei Wochen ist er laut Staatsanwältin Sabine Mayländer dreimal verhört worden, dabei habe er einmal die Aussage verweigert.
Bisher ist man weder mit der DNA-Analyse des Speichels weitergekommen, noch liegt das Resultat des mikrobiologischen Vergleiches von Fasern mit der Kleidung des Opfers vor. Auch die Messer des in Untersuchungshaft sitzenden Jugendlichen müssen noch im Landeskriminalamt untersucht werden. „Dass die Analysen so lange dauern", sagt Staatsanwältin Mayländer, „ist normal."

(Günter Scheinpflug, in: Stuttgarter Zeitung, 2.12.2000)

Internet-Recherche

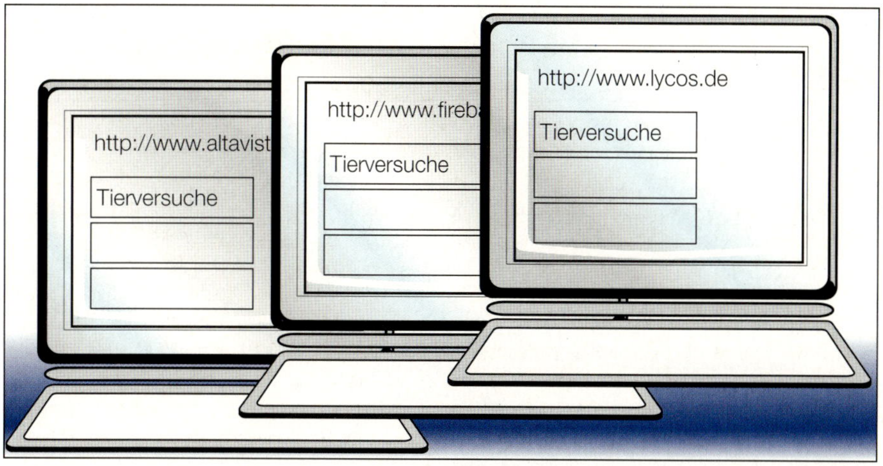

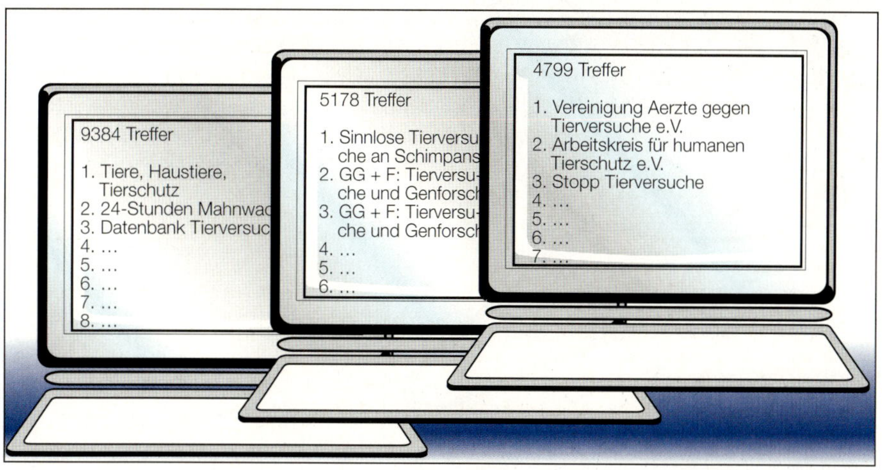

1. Informationen – Sensationen

Welche Informationen tauchen in beiden Zeitungen auf, welche nur in einer? Was wird als Tatsache angenommen, wo werden Vermutungen geäußert? Wer wird zitiert? Wirkung auf den Leser? Wie ist der Wahrheitsgehalt auf der Grundlage des dritten Artikels zu bewerten?

2. Recherche im Internet

Hierbei gibt es unterschiedliche Ergebnisse, je nachdem, welche Suchmaschine man benützt.

a) In der Klasse drei Suchbegriffe aus verschiedenen Bereichen auswählen (hier im Beispiel Tierversuche).
b) Drei Suchmaschinen auswählen (z.B. lycos.de, fireball.de, altavista.de, yahoo.de).
c) Jeweils die ersten zehn Treffer ausdrucken. Welche erscheinen vielversprechend?
d) Jeweils drei Adressen auswählen und nachschauen, was dort geboten ist.

1. Mind Map

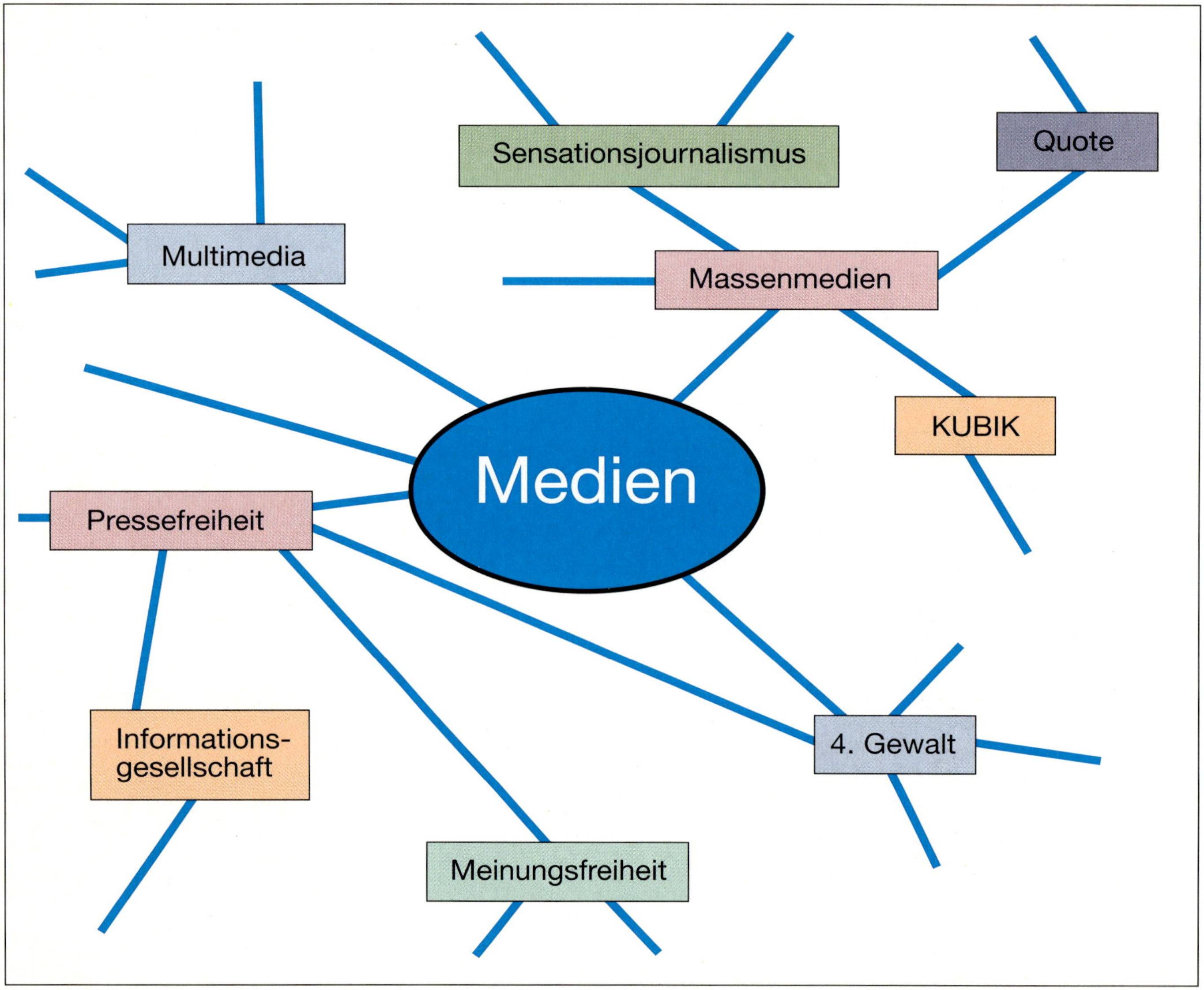

1. Mit den Medien verbinden wir viele weitere Begriffe. Diese Begriffe werden erklärt und / oder mit weiteren Begriffen verbunden. So entsteht eine persönliche Mind Map.
2. Die Mind Map dient als Vorlage für einen kurzen Vortrag. Mithilfe einer Nummerierung sollte eine Reihenfolge festgelegt werden, die sinnvolle Übergänge anbietet.
3. Der Vortrag soll einige Male „im Kopf" gehalten werden, dann vor der Klasse.

2. Diskussionsthema: Internet-Quatro

David Rosenthal stellt in einer Untersuchung zum Internet (im Auftrag des schweizerischen Wissenschaftsrats 1999) neunzig Behauptungen auf.

- In Einzelarbeit über Zustimmung und Ablehnung zu den ausgewählten 17 Behauptungen entscheiden.
- Drei Behauptungen auswählen und die Entscheidung dazu vor der Klasse begründen.

Nr.	Behauptung	richtig	eher richtig	eher falsch	falsch
1	„Wer im Internet einkauft oder Dienste nutzt, riskiert mehr Geld auszugeben als sonst."				
2	„Wer im Internet statt in ‚echten' Läden einkauft oder Dienste nutzt, verliert dadurch Sozialkontakte."				
3	„Wer kein Internet-Wissen hat, hat auf dem Arbeitsmarkt in Zukunft nur geringe Chancen."				
4	„Die meisten Benutzer ertrinken in der Datenflut des Internets und die Situation wird sich verschlimmern."				
5	„Das Sammeln von Informationen kann süchtig machen."				
6	„Internet ist für die Mehrheit der Bevölkerung viel zu kompliziert."				
7	„Nur Reiche können sich Internet leisten."				
8	„Informationen aus dem Internet sind nicht zuverlässig."				
9	„Das Internet ist eine ideale Plattform für Rufmord."				
10	„In ein E-Mail gehört nichts, was nicht am nächsten Tag in der Zeitung stehen darf."				
11	„Im Internet weiß man nie, mit wem man es zu tun hat."				
12	„Internet macht einsam."				
13	„Die Offenheit und das multimediale Element zieht viele Kriminelle an."				
14	„Computerviren stellen für Internet-Benutzer eine besondere Bedrohung dar."				
15	„Es kann sich nachteilig auswirken, wenn ein Internet-Anbieter weiß, was meine Interessen und Vorlieben sind."				
16	„Das Internet wird Arbeitsplätze vernichten."				
17	„Internet-Benutzer werden im Datenstau hoffnungslos feststecken."				

3. Ein Medien-Profil erstellen

Printmedien: Tageszeitung, Fernsehzeitung, unterhaltende Zeitschrift, Fachzeitschrift, Lexikon, Fachbuch.

Elektronische Medien: Radio, Fernsehen öffentlich-rechtlich, Fernsehen privat, Leihvideo, Kaufvideo, Musik-CD, Telefon, Internet.

Jeder bevorzugt bestimmte Medien. Manche Leute haben ein oder zwei Lieblingsmedien, auf die sie immer zurückgreifen; manche nutzen routiniert viele verschiedene, je nachdem, was sie damit erreichen wollen. Medienprofile verschiedener Personen sehen also unterschiedlich aus.

Oliver überlegt sich zu den folgenden Stichworten, wo er sich informieren würde, und zwar jeweils, welches Medium seine erste Wahl ist, was notfalls die zweite und die dritte Wahl wäre.

Informationen über:	1. Wahl	2. Wahl	3. Wahl
Wetter von morgen	Internet	Tageszeitung	Radio
Bundeskanzler	Internet	Lexikon	Fachbuch
Pop-Charts	Zeitschrift	Internet	Fernsehen
Kinoprogramm	Telefon	Internet	Tageszeitung
Satz des Pythagoras	Fachbuch	Lexikon	Internet
Bahnfahrplan			
Neue Mode			
Australien			
Bundesliga			
Nitroglycerin			
Medikament gegen Husten			
Horoskop			
Computer-Hardware			
Urlaubsziel			
Polizeibericht			
Sonderangebote			
Friedrich Schiller			
Rennpferde			

Und nun wird das Ergebnis in ein Balkendiagramm übertragen:
Jedes Mal, wenn ein Medium erste Wahl ist, werden drei Einheiten nach oben gezählt, für die zweite Wahl zwei Einheiten, für die dritte Wahl eine.

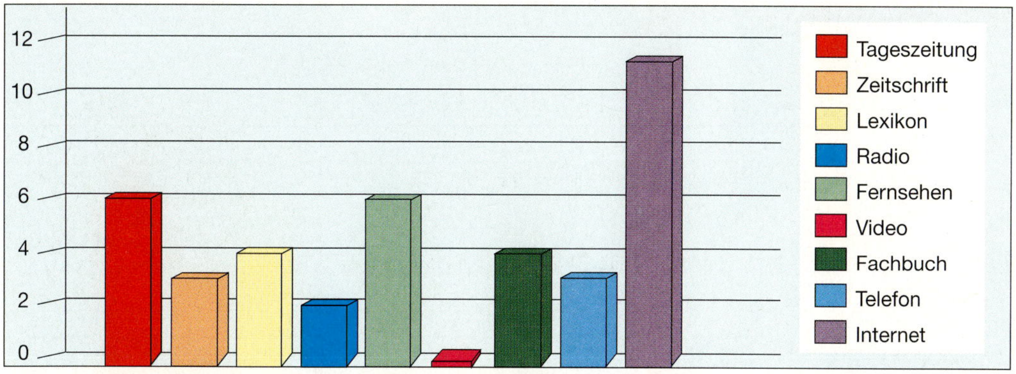

Bis jetzt hat Oliver also das Internet zweimal als erste Wahl (sechs Einheiten), zweimal als zweite Wahl (plus weitere vier Einheiten) und einmal als dritte Wahl (plus eine Einheit) eingetragen, d.h. der Balken für das Internet steht bereits bei elf. Olivers Mediennutzung scheint recht vielseitig zu sein, aber es zeichnet sich jetzt schon ab, dass sein bevorzugtes Medium wohl das Internet sein wird.

Dein eigenes Medienprofil erstellen

Informationen über:	1. Wahl	2. Wahl	3. Wahl
Wetter von morgen			
Bundeskanzler			
Pop-Charts			
Kinoprogramm			
Satz des Pythagoras			
Bahnfahrplan			
neue Mode			
Australien			
Bundesliga			
Nitroglycerin			
Medikament gegen Husten			
Horoskop			
Computer-Hardware			
Urlaubsziel			
Polizeibericht			
Sonderangebote			
Friedrich Schiller			
Rennpferde			

Damit dein Diagramm nicht ins Unendliche wächst, falls du zum Beispiel immer zuerst zum Telefon greifst (das wären 18-mal drei Einheiten macht 54 Einheiten!), kannst du aufhören, wenn ein Balken die Marke „30" erreicht hat. Dann ist nämlich sowieso klar, dass du ein Medium bevorzugst.

1. Die einzelnen Medienprofile in der Klasse ermitteln und vergleichen.
2. Ein MAXI-Profil für die ganze Klasse zusammenstellen.
3. Erwachsene verschiedenen Alters (z.B. zwischen 30 und 50, über 50 Jahre alt) darum bitten, ebenfalls Medienprofile zu erstellen und mit euren vergleichen.

Das Zusammenwachsen Europas

EUROPOL

Sagenhaftes Europa

In Asien lebte die Königstochter Europa. Sie war voller Anmut und Schönheit. Eros, der Liebesgott, hatte Zeus mit seinen Liebespfeilen getroffen. Zeus, der Göttervater, verliebte sich daraufhin unsterblich in Europa. Er wusste aber, dass er sie nur durch eine List für sich gewinnen konnte. So rief er Hermes, den Götterboten. Hermes sollte die Viehherden in Europas Land von den Weiden an das Meer treiben. Zeus indessen legte seine göttliche Gestalt ab und verwandelte sich in einen Stier. Mit den anderen Tieren ließ er sich zum Meer führen. Zeus blickte über die Wiesen und sah die schöne Europa mit ihren Gefährtinnen spielen. Zuerst hatten die Frauen Angst vor ihm. Doch Zeus bewegte sich so sanft und anmutig, dass sie sich ihm näherten. Noch nie hatte Europa so einen prächtigen Stier gesehen. Sie reichte ihm einen Strauß duftiger Blumen. Zum Dank leckte der Stier Europas Hand und kauerte sich zu ihren Füßen nieder. Dies sah aus wie eine Einladung auf seinem Rücken zu reiten. Europa hatte keine Angst mehr vor dem Stier und bestieg seinen Rücken. Langsam erhob sich der Stier. Vorsichtig begann er sich zu bewegen und wurde immer schneller. Europa begann um Hilfe zu schreien, aber es war niemand da, der ihr helfen konnte. Den ganzen Tag glitt der Stier mit seiner teuren Last über das Meer dahin. Am Abend erreichten sie die Insel Kreta. Der Stier setzte Europa ab und verschwand. Sie stand weinend am Strand, als ein wunderschöner Mann auftauchte. Es war Zeus und er sprach zu ihr: „Lass ab von deinem Kummer. Unsterblich sollst du hinfort sein. Europa, der Erdteil, der dich aufgenommen hat, wird für alle Zeiten deinen Namen tragen". Lange Jahre lebte Europa auf der Insel. Zeus besuchte sie oft in Menschengestalt und bis heute lebt ihr Name unter uns Menschen fort.

(Frei nach: Gustav Schwab, Die schönsten Sagen des klassischen Altertums)

EU gegen Betrug

Gegen Korruption ist die Gemeinschaft oft machtlos.

Bei Europas Juristen ist der Horizont die nationale Grenze, die organisierte Kriminalität ist aber längst international.

Willkommen in Belgrad

Das alte Regime ist gestürzt und mit ihm Slobodan Milosevic.

Neue Zeiten brechen in Belgrad an und die Europäische Union möchte das Land auf seinem Weg zur Demokratie unterstützen. Europäische Politiker gratulieren dem neu gewählten jugoslawischen Präsidenten Kostunica.

Europa-Börse in Frankfurt verschiebt Entscheidung über Fusion

Euro und Ölpreis – Der Fall ins Bodenlose

EZB: Euro leicht erholt – Referenzkurs 0,8654 Dollar

Deutsche Post AG: Der Konzern sucht Verstärkung in Frankreich

Die Zeitungsausschnitte lassen sich den drei Säulen der Europäischen Union zuordnen.

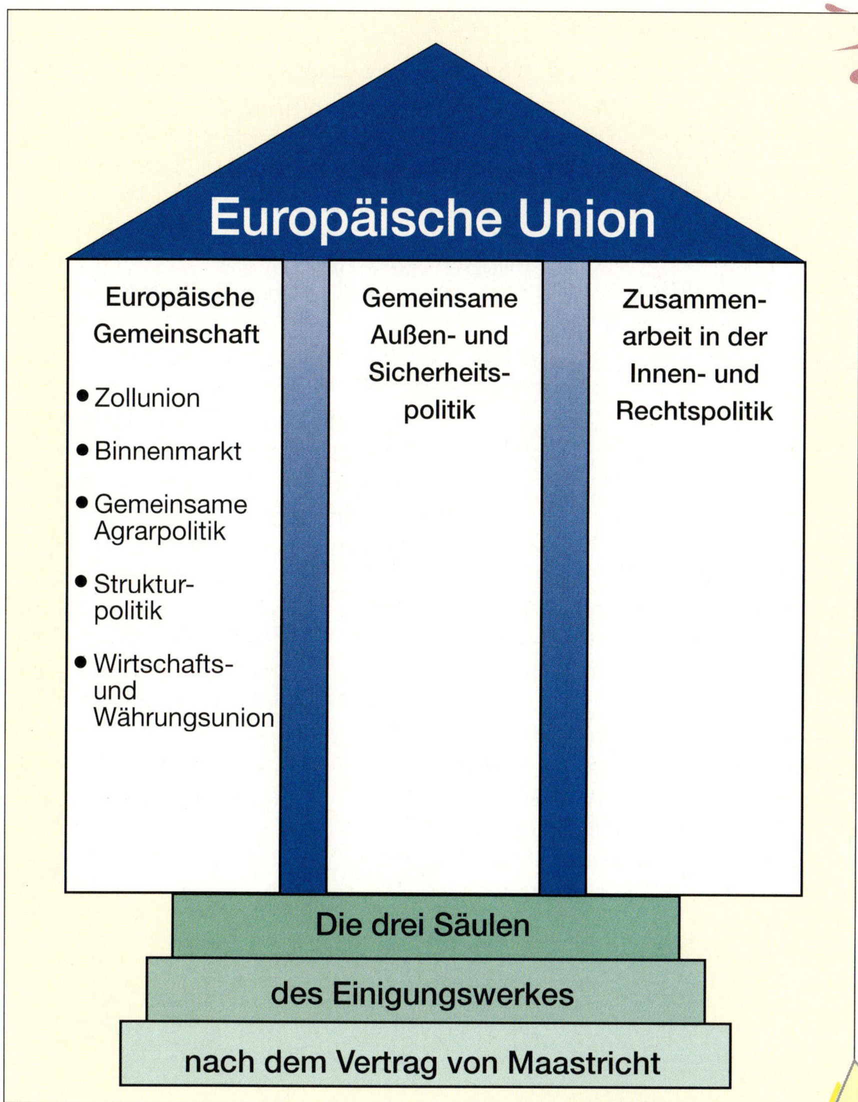

Auf den Weg gebracht ...

In Maastricht vereinbarten 1992 die Staats- und Regierungschefs der damaligen Europäischen Gemeinschaft die Gründung der Europäischen Union. Europa sollte sich wandeln von einer reinen Wirtschafts- zu einer auch politischen Union.

Der Vertrag von Maastricht steht dabei auf drei Säulen:

1. Säule: Europäische Gemeinschaft bedeutet in einem Gebiet ohne Binnenzölle zu leben, einem Gebiet mit freiem Waren- und Dienstleistungsverkehr. Außerdem bedarf es einer einheitlichen Agrarpolitik, egal ob in Portugal oder in Deutschland. Und die Einführung des Euro als einheitliche Währung wurde ebenso beschlossen.

2. Säule: Eine gemeinsame Außen- und Sicherheitspolitik, auch GASP genannt, braucht die EU um nach außen anderen Ländern gegenüber einheitlich aufzutreten. Dabei soll die GASP die Unabhängigkeit und Unversehrtheit Europas gewährleisten. Im Kosovo-Konflikt z. B. traten die Länder der EU gemeinsam auf.

3. Säule: Auch in der Innen- und Rechtspolitik gelten bestimmte einheitliche Regeln, die innerhalb der EU gleich angewandt werden. Außerdem können sich Straftäter nicht einer Verurteilung entziehen, indem sie einfach in ein anderes Land der EU wechseln.

Vertrag von Maastricht – Vertrag von Maastricht

1. Der Vertrag von Maastricht hat zum Inhalt:
   a) ....
   b) ....
   c) ....
2. Der Euro ist schon als einheitliche Währung eingeführt. Warum einigen sich die Europäer nicht auf eine gemeinsame Sprache, wie z.B. Englisch? Deine Meinung?

Die vier Freiheiten

Ein Blick zurück in die Zukunft

Am 18. Januar 1871 war es endlich so weit. Im Schloss zu Versailles wurde das Deutsche Reich ausgerufen, schlossen sich deutsche Länder zu einem Staat zusammen. Vor allem die wirtschaftliche Entwicklung in Deutschland war der Vorreiter für eine politische Einigung. Im Zeitalter der industriellen Revolution verhinderten die Landesgrenzen der vielen einzelnen deutschen Staaten einen wirtschaftlichen Aufschwung. Die wachsende Industrie brauchte Absatzmärkte. 1833 schlossen sich die meisten deutschen Länder zu einem Zollverein zusammen. Die beteiligten Staaten hoben untereinander die Zollschranken auf, verabredeten die Zölle an den Außengrenzen und teilten die Einnahmen unter sich auf. Gleichzeitig schuf der Kanal-, Eisenbahn- und Straßenausbau die Voraussetzungen für ein einheitliches Wirtschaftsgebiet, in dem die Industrie wachsen konnte. Und der Erfolg dieses Zusammenschlusses konnte sich sehen lassen. Der wirtschaftliche Aufschwung der Länder des Zollvereins übte eine starke Anziehungskraft auf andere Staaten aus. Und auch damals war man der Meinung, dass einem einheitlichen Wirtschaftsgebiet ein einheitlicher Staat zu folgen hat. Die Wirtschaft schafft Fakten, denen sich die politische Entwicklung nicht verschließen kann. Aus diesem Grund: Ein politisch vereintes Europa ist nur eine Frage der Zeit, oder?

Amsterdam/Den Haag: Keine Personenkontrollen an den Grenzen innerhalb der EU – das ist nicht unumstritten. Nicht nur Reisende lieben diese Freiheit, sondern auch Kriminelle.

Dublin: Seit die Mehrwertsteuer nicht mehr vorausbezahlt werden muss, sparen Unternehmen durch weniger Papierkram viele Kosten ein.

London: Die Liberalisierung des Telekommunikationsmarktes hat einiges in Bewegung gebracht. Private Anbieter drängen seither auf den Markt. Die Preise fallen. Übernahmen bringen Telekommunikationsriesen hervor. So hat Vodafon nach der Übernahme von Mannesmann einen Börsenwert von über 350 Milliarden €.

Luxemburg: Wie ein Hesse jederzeit nach Bayern ziehen kann, so kann jeder Bürger eines EU-Staates in jeden anderen EU-Staat ziehen.

Madrid: Ein Servicebüro für Senioren auf Mallorca wurde jetzt von zwei deutschen Geschäftsleuten eröffnet.

Rom: Schmugglerbande gefasst. In der
wurden wieder mehrere Tonnen Zigarett
liens von italienischen Grenzbeamten be

Helsinki: Die Bestimmungen für den Führerschein sind europaweit gleich. Mit dem Euro-Führerschein sind alle Klassen einheitlich bestimmt. So weiß jeder, welches Fahrzeug er in Europa fahren darf.

1. Die acht Beispiele den vier Freiheiten des europäischen Binnenmarktes zuordnen.
2. Aus der Geschichte für die Zukunft lernen? Den deutschen Zollverein gab es vor der politischen Einigung. Der Binnenmarkt ist entstanden, bevor es ein politisch einheitliches Europa gibt. Wie wird/sollte es zukünftig weitergehen?

1. Unter einem Binnenmarkt versteht man:
2. Die vier Freiheiten sind: ...
3. „Und im Jahr 2100 gibt es nur noch einen Markt und das ist der Weltmarkt ohne Grenzen und Zölle."
Ein Gedanke, der fasziniert?

Athen: Große Warenvielfalt in den Supermärkten: Das Obst aus Griechenland, der Wein aus Frankreich, der Käse aus Holland, die Kekse aus Dänemark sind preiswert, da keine Zölle erhoben werden.

zum Sonntag
der Küste Ita-
nahmt.

Viermal Freiheit in Europa

Wir zahlen mit dem Euro, reisen nach Mallorca und legen das Geld in Luxemburg an. Für uns Europäer eine Selbstverständlichkeit. Trotzdem war es ein langer Weg bis zu einem einheitlichen Binnenmarkt innerhalb der EU. Schon 1957 wurde beschlossen einen einheitlichen Markt zu schaffen. Doch erst 1993 wurden die vier Freiheiten im Binnenmarkt der EU verwirklicht.

Freier Personenverkehr bedeutet, dass die Grenzkontrollen weggefallen sind. Außerdem kann jeder EU-Bürger frei entscheiden, ob er in Helsinki oder in Berlin leben und arbeiten möchte. Allerdings müssen die Außengrenzen der EU stärker gesichert werden.

Freier Warenverkehr – auch hier entfallen die Grenzkontrollen – hat zur Folge, dass einheitliche Normen geschaffen werden müssen. In ganz Europa dürfen nur noch Autos mit geregeltem Katalysator zugelassen werden. Und auch die Mehrwertsteuer wird zukünftig in der EU vereinheitlicht sein.

Freier Dienstleistungsverkehr bedeutet, dass in jedem Land der EU Unternehmen ihre Dienste anbieten können. Ein Engländer kann bei einer finnischen Bank Kunde sein und sein Telefon über die deutsche Telekom betreiben.

Freier Kapitalverkehr heißt, dass ich mein Geld dort anlegen kann, wo es die größte Rendite erzielt, denn von einem Mitgliedsland ins andere können Geldbeträge ohne Beschränkung mitgeführt werden.

Binnenmarkt – Binnenmarkt – Binnenmarkt – Binnenmarkt

EUROPA – ABER WIE?

Fünf unterschiedliche Indianerstämme leben im Gebiet der Mohamu-Berge. Früher kämpften sie gegeneinander. Die Häuptlinge treffen sich nun um dem ein Ende zu bereiten. Die Stämme sollen geeint werden. Nicht mehr Krieg führen, sondern gemeinsam den Frieden genießen, ist ihre Devise. Aber wie soll das gehen? Angenommen, sie werden von einem anderen Stamm eingeladen um mit ihm ein paar Wochen zu jagen und zu beraten. Sollten alle Häuptlinge ziehen? Dann wären ja die Stämme ohne Führer. Also entscheidet man sich, dass ein Oberhäuptling zu wählen ist, der für alle spricht. Was aber, wenn der Oberhäuptling krank wird? Die Häuptlinge entschließen sich, dass jedes Jahr ein anderer von ihnen den Oberhäuptling vertreten wird. Alle sind zufrieden und trinken Kräutertee. Jetzt geht es an die eigentlichen Probleme. Es müssen Regeln erlassen werden, die für alle Indianer gelten. Aber wie? Soll der Oberhäuptling bestimmen? Da sind die Häuptlinge dagegen. Besser ist es, wenn alle gemeinsam entscheiden. Das hieße aber, dass die Häuptlinge oft ihren Stamm verlassen müssten. Einer der Häuptlinge schlägt vor: Die Indianer wählen weise Männer. Diese treffen sich und beraten über neue Gesetze, die für alle Indianer gelten sollen. Können sie sich einigen, dann beschließen sie das Gesetz. Es herrscht Ruhe im Zelt. Alle denken nach. Plötzlich erhebt einer der Häuptlinge das Wort. Angenommen, die Weisen beschließen etwas, was uns nicht passt? Also geht das alles doch nicht. Da hat ein anderer die Idee: Die Weisen sollen beraten und beschließen. Dann müssen aber alle anderen Häuptlinge gefragt werden. Erst wenn die Mehrheit der Häuptlinge dem Gesetz der Weisen zustimmt, dann gilt es. Nun sind alle zufrieden. Sie rauchen eine gemeinsame Pfeife. Die Sache ist beschlossen und sie ziehen zu ihren Stämmen. Ein Jahr später erhalten die Häuptlinge von den Weisen Gesetze, denen sie zustimmen sollen.

① Alle Indianer der Stämme sollen sich gleich anziehen.

② Alle Männer sollen in einem großen Heer das Waffenhandwerk üben und alle Stämme verteidigen.

③ Aus Gründen der Gesundheit soll an jedem Montag kein Fleisch gegessen werden.

④ Können sich die Häuptlinge nicht einigen, dann entscheidet der Oberhäuptling.

Dies ist natürlich eine erfundene Geschichte. Und nun zu uns in Europa: Natürlich leben hier keine Indianer und wir haben keinen Oberhäuptling. Doch vieles ist von der Idee her ähnlich, aber noch nicht erreicht. Ein europäisches Staatsoberhaupt gibt es noch nicht. Die jeweiligen Chefs der nationalen Regierungen sind auch keine Häuptlinge, aber sie wollen gefragt werden. Und der Rat der Weisen, das könnte einmal das Europäische Parlament sein, das Gesetze beschließt, die dann für alle Europäer gelten.

1. Der Grund, warum sich die Häuptlinge treffen?
2. Warum soll nicht der Oberhäuptling allein bestimmen?
3. Vier Gesetze legen die Weisen vor:
   a) Welche der Gesetze sind sinnvoll für die Allgemeinheit?
   b) Welche der Gesetze werden die Stämme als unnötiges Regelwerk ablehnen?
4. Und nun zu Europa:
   Gründe, warum sich Staaten Europas zur EU zusammengeschlossen haben?

Es gilt folgender Grundsatz in einem Europa der vereinten Nationen:
1. Grundsätzlich regeln die Mitgliedsländer ihre Belange selbst.
2. Belange, die für alle Mitglieder der EU gleich geregelt sein müssen, regeln die Mitgliedsländer nach Absprache gemeinsam.

Aufgaben, die geregelt werden müssen:

1. Welche Aufgaben müssen gemeinsam geregelt werden?
2. Welche Aufgaben kann jedes Mitgliedsland für sich regeln?

– Währung	– Post
– Strafvollzug	– Nationalhymne
– Forschung	– Verteidigung
– Umweltschutz	– Zoll
– Theater	– Bahn
– Schulen	– Straßen
– Polizei	

1. Merkmale eines Staatenbundes sind …
2. Merkmale eines Bundesstaates sind …
3. Die EU:
   – Für einen Staatenbund spricht …
   – Für einen Bundesstaat spricht …
4. Zusammenarbeit ist wichtig, weil …

Nicht Fisch, nicht Fleisch …

Bei allen Unterschieden, Badener und Schwaben verstehen sich als Deutsche, aber Deutsche und Franzosen verstehen sich nicht unbedingt als Europäer.
Einerseits zahlen wir mit der gleichen Währung (Euro) und reisen quer durch die EU. Andererseits wird in fast jedem Land der EU eine andere Sprache gesprochen, gibt es z. B. unterschiedliche Ladenöffnungszeiten und eine andere Bildungspolitik.
Die EU ist auf dem Weg vom Staatenbund zu einer immer engeren Union der Völker Europas. Vielleicht gibt es einmal sogar einen europäischen Bundesstaat, vergleichbar dem der USA.
Zu einem Staatenbund schließen sich Länder zusammen, die einen gemeinsamen Zweck verfolgen, aber als Staaten selbstständig bleiben wollen. Die Mitgliedsstaaten der EU wollen ein vereintes Europa schaffen.
Von einem Bundesstaat spricht man dann, wenn sich Länder zu einem Staat zusammenschließen wie in Deutschland. Der Bundestag verabschiedet Gesetze für ganz Deutschland. Die Bundeswehr verteidigt unser Land insgesamt usw.
Um das gemeinsame Ziel eines vereinten Europas zu erreichen, bedarf es der Zusammenarbeit der Länder untereinander. Es müssen Regeln vereinbart werden, die für alle gelten.

GASP

Presseerklärung des Generalsekretärs des Rates und Hohen Vertreters der Europäischen Union für die Gemeinsame Außen- und Sicherheitspolitik, Herrn Dr. Javier Solana

Brüssel, 18. Oktober 1999

Meine sehr verehrten Damen und Herren,

ich habe heute mein Amt als Generalsekretär des Rates und Hoher Vertreter der Europäischen Union für die Gemeinsame Außen- und Sicherheitspolitik angetreten. ... Die Zeit drängt. Die Union des 21. Jahrhunderts wird über eine einzige Währung verfügen. Sie sollte auch eine wirksame Außen-, Sicherheits- und Verteidigungspolitik betreiben. Die Ereignisse der jüngsten Vergangenheit haben diese Notwendigkeit bestätigt. ... Wir haben uns in ein kollektives, ja ein gemeinsames Unternehmen eingelassen, das im Interesse jeder im Rat vertretenen Regierung liegt, wie auch in den Interessen jedes Bürgers der Union. Schließlich bin ich der festen Überzeugung, dass die Union ihre Entschlossenheit bekräftigen sollte, die Menschenrechte überall auf der Welt zu fördern und zu schützen. Alle legitimen Mittel können und müssen eingesetzt werden, um von Menschenrechtsverletzungen abzuschrecken und insbesondere solche schweren Verbrechen wie ethnische Säuberung, religiöse Verfolgung und Diskriminierung aufgrund der Zugehörigkeit zu einer Rasse zu bekämpfen. Darüber hinaus sollten wir zu keinerlei Kompromissen bereit sein, wenn es gilt, das Völkerrecht und internationale Übereinkommen, vor allem humanitäre Übereinkommen, zu verteidigen. ... Vielen Dank.

1. Die Schwerpunkte der GASP, die Javier Solana vorstellt:
2. Welche legitimen Mittel hat die EU im Kosovo-Konflikt eingesetzt ?
3. Beispiele, bei denen es mehr um die Sicherheit der EU und solche, bei denen es mehr um die gemeinsame Außenpolitik der EU ging:

EU-Diplomaten vermitteln im Kosovo-Konflikt

Brüssel, 28. Juli 1998 (dpa) – Drei ranghohe EU-Diplomaten beginnen heute eine Vermittlungsmission zur friedlichen Beilegung des Kosovo-Konflikts. ... Die EU-Mitglieder fordern eine unverzügliche Waffenruhe und die sofortige Aufnahme eines politischen Dialogs.

EU beschließt Flugverbot von und nach Jugoslawien

Brüssel, 21. Mai 1999 (Reuters) – Die Europäische Union (EU) hat am Freitag formell beschlossen, das Verbot für Flüge von und nach Jugoslawien auszuweiten, ... Die EU hatte sich bereits in der vergangenen Woche auf eine Ausweitung des Flugverbots geeinigt. Gemeinsam mit anderen Boykottmaßnahmen soll es dazu beitragen, Jugoslawien im Kosovo-Krieg zum Einlenken zu bewegen.

EU und NATO drängen Milosevic zum Einlenken

BM/AFP/rtr/dpa, Pristina/Wien (04.08.98) – Im Kosovo dauerten gestern die Gefechte zwischen Unabhängigkeitskämpfern und serbischen Einheiten mit unverminderter Härte an. Die Europäische Union, der NATO-Generalsekretär und die USA haben den jugoslawischen Präsidenten Slobodan Milosevic aufgefordert, die Offensive gegen die Kosovo-Albaner umgehend einzustellen.

EU gibt 150 Millionen Euro für Wiederaufbau im Kosovo

Brüssel, 23. Juli 2000 (AP) – Die Europäische Union will in diesem Jahr für den Wiederaufbau im Kosovo rund 150 Millionen Euro bereitstellen, wie die EU-Kommission am Freitag mitteilte. ... Mit einer ersten Rate von 45 Millionen Euro sollen unter anderem die Versorgung mit Baustoffen für die Wiederherstellung der wichtigsten Infrastruktur und der Aufbau eines Koordinationszentrums für die Minenräumung finanziert werden, hieß es in Brüssel. Die zweite Rate soll sich auf technische Hilfsprojekte, öffentliche Sicherheit und die Verteilung von Kleinkrediten konzentrieren.

EU dehnt Einreiseverbot für Jugoslawen aus

Brüssel, 06. Dezember 1999 (AP) – Die Europäische Union hat am Montag den Kreis der Jugoslawen, die im Rahmen der Sanktionen gegen Jugoslawien nicht in die EU einreisen dürfen, erheblich ausgedehnt. ... Bislang standen Präsident Slobodan Milosevic, dessen Familie, die Regierungsmitglieder sowie Militärs auf der Liste. Ihr wurden jetzt auch noch die Namen von Industriellen, Bankiers, Medienvertretern und anderen Personen hinzugefügt, die während des NATO-Luftkrieges in diesem Jahr mit der Belgrader Führung gegen die Kosovo-Albaner zusammengearbeitet haben sollen.

EU stellt sich hinter Kontaktgruppe für das Kosovo

Brüssel, 25. Januar 2000 (dpa) – Die Europäische Union stellt sich hinter die neue Initiative der internationalen Kontaktgruppe für eine friedliche Lösung im Kosovo. ... Das Treffen der Außenminister der Kontaktgruppe ist vermutlich für Freitag in Paris geplant, wie aus den Delegationen verlautete. Zur Kontaktgruppe gehören die USA, Russland, Deutschland, Frankreich, Großbritannien und Italien. ... Frankreichs Außenminister Hubert Vedrine sagte, die EU werde Druck auf Serben wie Kosovo-Albaner ausüben, um eine politische Lösung durchzusetzen. Am Ende der Verhandlungen müsse eine weitgehende Autonomie für die albanischstämmige Bevölkerung der südserbischen Provinz stehen.

Das Hauptziel der NATO-Operation wurde erreicht

Brüssel, 30. März 2000 (dpa) – Die Entscheidung, militärische Gewalt nach Ausschöpfung aller diplomatischen Möglichkeiten als letztes Mittel einzusetzen, um Belgrad die Instrumente seiner ethnischen Kriegsführung zu nehmen, ist auch aus heutiger Sicht richtig. Tatenloses Zusehen wäre unmenschlich und verantwortungslos gewesen. Europas Sicherheit war im März 1999 ernsthaft gefährdet. Flucht, Vertreibung und ethnische Konfrontationen hätten in Kürze zu einem Flächenbrand auf dem Balkan führen können.

Mit einer Stimme sprechen ...

Zurzeit 15 Mitgliedsländer der EU, zurzeit 15 Regierungen bzw. Regierungschefs und in den Metropolen der Welt unterhalten diese Länder Botschaften nebeneinander. Da fällt es schwer, von einem vereinten Europa zu sprechen.

Doch zunehmend gestalten die EU-Länder ihre Gemeinsame Außen- und Sicherheitspolitik (GASP). Die Staats- und Regierungschefs treffen sich in regelmäßigen Abständen und vereinbaren Grundsätze und Leitlinien der GASP. Die Außenminister der EU-Staaten setzen diese Vorgaben um und der Generalsekretär und Hohe Vertreter für die GASP, sozusagen der Außenminister der EU, vertritt diese gegenüber anderen Staaten.

Ziel der GASP ist es zum einen, die Unabhängigkeit und Unversehrtheit Europas zu wahren. Weiter soll die Sicherheit der Union gestärkt werden. Die Wahrung des Friedens gehört ebenso zu den Zielen der GASP wie die Förderung der internationalen Zusammenarbeit.

Ein besonderes Augenmerk wird bei der GASP auf die Entwicklung und Stärkung der Demokratie und Rechtsstaatlichkeit in Europa gelegt, wobei die Beachtung der Menschenrechte an oberster Stelle steht.

GASP – GASP – GASP – GASP – GASP – GASP – GASP – GASP

1. GASP bedeutet ...
2. Außenpolitische Aspekte der GASP sind ...
3. Sicherheitspolitische Aspekte der GASP sind ...
4. Unterschiedliche Aufgaben bei der GASP:
   a) Die Staats- und Regierungschefs ...
   b) Die Außenminister der EU-Staaten ...
   c) Der Hohe Vertreter für die GASP ...

Nur Träumereien?

‚Berliner Rede' von Bundespräsident Johannes Rau am 12. Mai 2000 (in Auszügen)

- 30 Prozent aller Kinder an deutschen Schulen stammen aus zugewanderten oder kürzlich eingebürgerten Familien. An manchen Schulen sind es sogar 60 Prozent und mehr.
- 1997 und 1998 haben mehr Menschen aus anderen Ländern Deutschland verlassen, als Menschen neu zu uns gekommen sind.
- Allein Türken haben in Deutschland etwa 50.000 Betriebe gegründet und 200.000 Arbeitsplätze geschaffen.

Das sind ganz unterschiedliche Feststellungen über die Wirklichkeit in Deutschland. Mehr als sieben Millionen Ausländer leben in Deutschland. Sie haben unsere Gesellschaft in den vergangenen Jahren verändert. Doch wir denken zu wenig darüber nach, was das für das Zusammenleben in unserem Land insgesamt bedeutet. Wir müssen uns mit diesem Thema beschäftigen,

- weil es alle in unserem Land betrifft, auch wenn manche es bisher noch nicht gemerkt haben;
- weil Abwarten die Probleme, die es gibt, nicht löst, sondern größer macht.
- Wie wollen wir mit den Menschen zusammenleben, die rechtmäßig und auf Dauer in Deutschland leben und bei uns bleiben wollen?

Ohne Arbeiter und Angestellte aus anderen Ländern kämen viele Wirtschaftszweige in große Schwierigkeiten. Männer und Frauen mit einem anderen Pass haben inzwischen zehntausende von kleinen und größeren Betrieben gegründet. Sie bieten Arbeitsplätze und Ausbildungsplätze.

Die ganz überwiegende Mehrheit der ausländischen Bevölkerung kommt ihren Pflichten nach und trägt dazu bei, dass wir Wohlstand erwirtschaften und soziale Sicherheit finanzieren können. Sie zahlen Einkommenssteuer und Mehrwertsteuer, wie wir alle. Sie zahlen Beiträge zur Rentenversicherung und sie finanzieren die Bundesanstalt für Arbeit genauso mit wie die gesetzliche Krankenversicherung.

Ganz nebenbei: Wir essen heute auch anders. Die Einwanderer haben ihre Rezepte mitgebracht, ihre Spezialitäten, ihre Gewürze und ihre Getränke. Pizza und Döner sind aus unseren Straßen nicht mehr wegzudenken. Olivenöl und Fladenbrot gehört für viele inzwischen zum täglichen Essen.

Deutschland gehört heute zu den buntesten und offensten Ländern der Welt. Wir haben an Lockerheit, an Erfahrungsmöglichkeiten und an toleranter Einstellung gewonnen. Jeder Mensch, der das Recht hat, sich dauerhaft in Deutschland aufzuhalten, sollte verpflichtet sein, sich mit unserer Gesellschaft vertraut zu machen: mit unseren Wertvorstellungen, unseren Traditionen und ganz besonders mit unserer Sprache. Ich wünsche mir ein vielfältiges und lebendiges Deutschland – friedlich und weltoffen.

Daran zu arbeiten lohnt jede Mühe. Es kommt nicht auf die Herkunft des Einzelnen an, sondern darauf, dass wir gemeinsam die Zukunft gewinnen.

1. Bundespräsident Rau gibt Gründe an, die für eine Einwanderung von Menschen nach Deutschland, nach Europa sprechen: ...
2. Er verlangt von den Einwanderern ...
3. Einen Antwortbrief an den Bundespräsidenten entwerfen.
4. Kann man die Gedanken des Bundespräsidenten auch auf die EU übertragen?

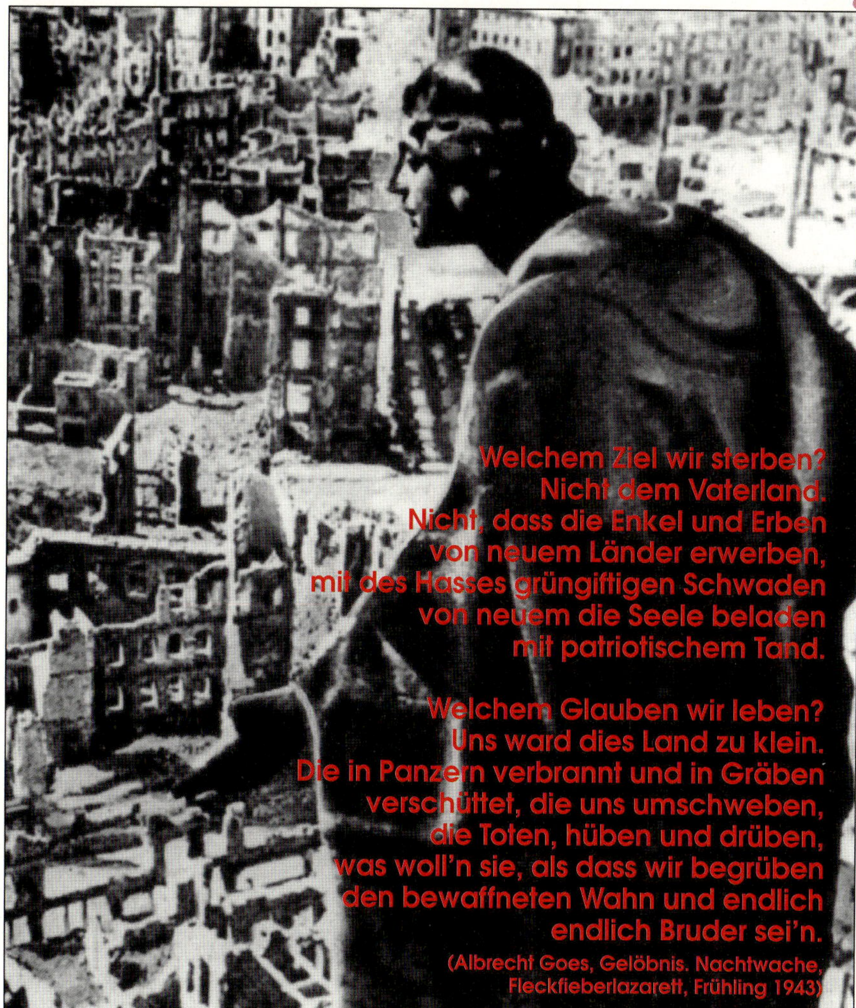

Wenn Träume wahr werden …

In einem vereinten Europa leben die Menschen friedlich zusammen. Egal, ob als Einwanderer oder als eingesessener Bürger, alle verstehen sich als Europäer. Man hat sich auf eine Sprache geeinigt und an allen Schulen Europas wird in Englisch unterrichtet. Brüssel ist die gemeinsame Hauptstadt und ein gewählter europäischer Präsident vertritt das vereinte Europa weltweit. Das europäische Parlament verabschiedet allgemein gültige Gesetze und ein europäischer Regierungschef führt die Regierung. In einem europäischen Rat sind die Regionen Europas vertreten und bestimmen mit. Innereuropäische Grenzen gehören der Vergangenheit an und bei weltweiten Turnieren kämpfen europäische Sportler um begehrte Medaillen, wird die Europahymne gespielt. Der Euro ist genauso begehrt wie der Dollar und Produkte „Made in Europe" verkaufen sich weltweit gut.

Aus heutiger Sicht fragt man sich, ob das alles nur Eurovisionen sind oder ob Europa sich tatsächlich zu den Vereinigten Staaten von Europa entwickeln wird?

Visionen sind Entwürfe für die Zukunft. Eurovisionen beschreiben ein zukünftiges Europa.

1. Welche Visionen im Text sind bereits verwirklicht?
2. Welche Visionen bedürfen noch der Umsetzung?
3. Welche Visionen lassen sich noch ergänzen?
4. Meine Meinung: Ein vereintes Europa in dieser Form wird es sicher geben / wird es wahrscheinlich nicht geben, denn …

Eurovisionen – Eurovisionen – Eurovisionen – Eurovisionen

Vertrag von Maastricht
EUROPÄISCHE GEMEINSCHAFT
BUNDESREPUBLIK DEUTSCHLAND
REISEPASS
Binnenmarkt
GASP
EUROPOL
Zusammenarbeit
Staatenbund
Eurovisionen
Bundesstaat

Kern-Info

Europa im 20. Jahrhundert. Ein Europa, das durch zwei Weltkriege erschüttert wurde. Ein Europa, das mit Gegensätzen zwischen den Nationen begann und das jetzt auf dem Weg ist sich friedlich zu vereinen.

1957 gründeten durch die Römischen Verträge sechs Staaten die Europäische Wirtschaftsgemeinschaft. Ein erster Schritt zu einem einheitlichen europäischen Wirtschaftsraum war getan. Heute haben sich insgesamt 15 Länder in der Europäischen Union zusammengeschlossen. Heute ist die EU mehr als nur ein reiner Staatenbund mit einem einheitlichen Wirtschaftsraum. Die EU ist auf dem Weg zu einer immer engeren Union der Völker Europas mit einer gemeinsamen Grenze nach außen, einer einheitlichen Währung, einer einheitlichen Gesetzgebung und einer europäischen Regierung. Vieles auf dem Weg zu einem möglicherweise europäischen Bundesstaat ist bereits erreicht, anderes scheint noch in weiter Ferne zu liegen.

Kaum denkbar zum Beispiel, dass in der EU in nur einer Sprache unterrichtet wird, ob in Athen, Helsinki oder Berlin. Aber vielleicht ist das nur eine Frage der Zeit, bis sich die Eurovisionen von einem vereinten Europa der Nationen zu einem vereinten Europa als Heimatland umsetzen.

Einen wichtigen Schritt zu ebendiesem Europa stellt der Vertrag von Maastricht dar, der 1992 abgeschlossen wurde. Gemeinsamkeiten wurden dort festgeschrieben: gemeinsam zum Beispiel der Name Europäische Union; mit einem Binnenmarkt ohne Grenzkontrollen und freiem Warenverkehr, mit einer Währung und dem Recht sich niederzulassen, wo ein EU-Bürger es für sinnvoll hält; ein freier Dienstleistungsverkehr wird genauso gewährleistet wie der freie Kapitalverkehr.

Aber nicht nur der Wirtschaftspolitik widmete der Vertrag von Maastricht sein Augenmerk. Geschlossen wollten die Europäer gegenüber der Welt auftreten. Seither gestalten sie gemeinsam ihre Außen- und Sicherheitspolitik, auch GASP genannt. Die Staats- und Regierungschefs der einzelnen Mitgliedsländer vereinbaren, wie sie sich in Fragen der GASP verhalten wollen. Die Außenminister der Länder setzen die Wünsche der Staats- und Regierungschefs in konkrete Politik um und seit 1998 gibt es sogar einen Vertreter der Europäischen Union für die GASP. Er ist so etwas wie der Außenminister der EU.

Gemeinsames Handeln, d.h. eine Zusammenarbeit wurde im Vertrag zu Maastricht auch in Fragen der Innen- und Rechtspolitik vereinbart. In den Mitgliedsländern der EU darf nicht unterschiedliches Recht gelten. Deshalb stimmen die Länder der EU ihre Gesetzgebung aufeinander ab. Es wurde eine europäische Polizei (Europol) gegründet um internationaler Kriminalität wirksamer begegnen zu können.

Europa ist zwar noch nicht am Ziel, aber vielleicht gibt es irgendwann einen Vertrag, in dem sich die Staaten Europas zu einem Bundesstaat, zu den Vereinigten Staaten von Europa zusammenschließen.

PRÄSENTATION

Vertrag von Maastricht

Binnenmarkt

GASP

Zusammenarbeit

Eurovisionen

Staatenbund

Bundesstaat

1. Einen **Vortrag** halten
(siehe Seite 24)
2. Ein **Plakat** entwerfen
(siehe Seite 46)

3 Ein Feature ausarbeiten

4. Eine **Computeranimation** gestalten
(siehe Seite 90)

Ein Feature ausarbeiten:

„Double Feature" heißt, es werden im Kino zwei Filme, also im Doppelpack, gezeigt, dem Publikum vorgeführt. Ein Feature ist ein Gesichtspunkt, ein Ansichtspunkt oder auch das, was im Mittelpunkt steht. Als Präsentationstechnik ist das Feature eine Gestaltungsmöglichkeit, die es ermöglicht, das Thema möglichst von vielen Seiten her zu beleuchten und auf verschiedene Art und Weise zu vermitteln. Dabei sollen möglichst viele Lernkanäle und alle Sinne angesprochen werden.

Wie geht es genau?

Ein gut gemachtes Feature beschäftigt sich eingehend mit der Thematik und beleuchtet diese aus verschiedenen Ecken heraus. Und das kann wörtlich genommen werden!
Die Schlüsselbegriffe müssen vorkommen. Sie können auf Schaubildern präsentiert, vorgelesen oder aber auch anspruchsvoll vorgespielt werden.
Mehrere Personen können dabei verschiedene Aufgaben übernehmen, an verschiedenen Plätzen im Raum verteilt, die Gesamtpräsentation entstehen lassen.
Akustische Untermalung (dramatisch, locker oder zum Begriff passend) begleitet dabei die Gestaltung.
Passende Filmausschnitte oder Diaprojektionen können diesen Verlauf unterstützen.
Ein Feature soll ein Erlebnis sein, sowohl für den Präsentierenden als auch für Zuschauer und Zuhörer.

Karikatur – oder: Was hat das mit dem Thema zu tun?

Er ist durch, wir können wieder etwas höher hängen.

1

Ging's wenigstens eine Nummer kleiner?

2

Weshalb denn so skeptisch?
Noch nie was von Fusionieren gehört?

3

Eine Karikatur ist eine zeichnerische Darstellungsform. Es werden Sachverhalte aus Politik, Wirtschaft oder Gesellschaft in einer übertriebenen Form dargestellt. Herauszufinden ist, was der Karikaturist aussagen will:

1. Was ist dargestellt, d.h. wie könnte eine Überschrift lauten?
2. Wie stellt der Karikaturist das Thema dar? In der Regel lässt sich zu einer Karikatur eine Geschichte erzählen.
3. Ist aus der Karikatur eine bestimmte Einstellung oder Meinung oder Deutung des Zeichners zu erkennen? Wie lässt sich die Geschichte auf die Wirklichkeit übertragen?
4. Jeweils drei der Schlüsselbegriffe müssen anhand einer Karikatur besprochen werden.
5. Wer gut zeichnen kann, der entwirft eine eigene Karikatur.
   Wer nicht zeichnen mag, der sucht nach einer aktuellen Karikatur zum Thema.

Europäer-Test

Nr.	Behauptungen	stimme zu	lehne ab
1	Um die Ecke den Türken, gegenüber die Pizzeria und kein Essen ohne einen guten Rotwein aus Frankreich. Typisch europäisch.		
2	Deutsches Bier ist das beste Bier auf der Welt.		
3	Luxemburg liegt in der Mitte Europas. Deshalb sollte diese Stadt auch die europäische Hauptstadt werden.		
4	Die Mitgliedstaaten der EU sollten sich endlich auf eine Sprache einigen, die dann überall gesprochen wird, z. B. Finnisch.		
5	Schön ist es, wenn eine Mannschaft wie Bayern München die Champions League gewinnt und nicht Real Madrid.		
6	Bei der nächsten Olympiade sollten auch die Staaten der EU (wie die USA) als eine Mannschaft auftreten.		
7	Jeder Schüler der EU sollte ein halbes Jahr in einem anderen Land der EU zur Schule gehen.		
8	Wir sollten endlich einen europäischen Präsidenten wählen, der Europa als Ganzes vertritt.		
9	Es sollte endlich eine europäische Regierung geben, die dann für alle Europäer entscheidet.		
10	Europa ist erst wirklich Europa, wenn alle Länder dieses Kontinents Mitglieder der EU sind.		
11	Eigentlich sollte man gleich eine Weltregierung wählen, die für alle Bürger der Welt entscheidet.		
12	Ich würde mich nicht als Deutscher, sondern als Europäer bezeichnen.		
13	Im Ausland stelle ich mich grundsätzlich als Europäer vor und nicht als Deutscher!		
14	Die Jeans ist cool. Die Inliners sind echt in und der Hipp hopp ist nicht zu stoppen. Im Internet chaten. Warum nicht alles auf Englisch?		

Endlich wieder zu Hause!

Meine Zeit im Ausland möchte ich nicht missen, aber es war ein ganz besonderes Erlebnis, endlich wieder zu Hause zu sein. Es begann damit, dass ich am Flughafen alle Schilder problemlos lesen konnte, genauso wie die Speisekarte im Restaurant.
Deutsche Zeitungen verkündeten Nachrichten aus Regionen, mit denen mich viele Erinnerungen verbinden. Die Menschen um mich herum trugen Kleidung, die mir vertraut war, und ich ragte nicht mehr wie ein exotischer Riese aus der Menge heraus.
Als ich den Zug nach Freiburg nahm und mich mit der Menge am Bahnhof mittreiben ließ, fühlte ich mich geborgen. Ob es durch das mir verständliche Stimmengewirr um mich herum bewirkt wurde oder dadurch, dass ich wusste, wie in Deutschland die Gepflogenheiten sind, sodass ich mich nicht von einer Situation zur nächsten kämpfen musste – heute kann ich das nicht mehr genau sagen. Aber mir war klar, jetzt bin ich wieder zu Hause und in dieses Land gehöre ich.
Ich stieg in den Zug, der für meine damaligen Begriffe sehr sauber und leer wirkte. In den letzten Monaten war ich nie in Zügen gewesen, worin sich nicht mindestens doppelt so viele Menschen aufhielten, wie Sitzplätze zur Verfügung standen, die mitgeführten Tiere nicht mitgerechnet. Die Landschaft rauschte an mir vorbei und ich klebte mit dem Gesicht an der Scheibe um alles aufzunehmen. Ich konnte die Blumen zwar nicht wirklich riechen, aber meine Sinne spielten mir einen Streich und ich konnte alle Gerüche abrufen. Da war der Geruch nach frisch gemähtem saftigen Gras, ich roch den Wald und hörte sogar den Wind, der durch ein Maisfeld strich. Als ich an einer Siedlung vorbeirauschte, wo einige Familien grillten, lief mir das Wasser im Mund zusammen. Endlich wieder eine richtige Sahnesauce, Schweinebraten, Käsekuchen und eine Laugenstange. Oder dunkles, körniges Brot! Wurstsalat, Bratkartoffeln!!! Als mich dann meine Freunde am Bahnhof in Empfang nahmen, wusste ich: So schnell gehe ich hier nicht mehr weg.

Europäer-Test

1. Jeder Schüler entscheidet, ob er den Behauptungen zustimmt oder nicht.
2. Jetzt sucht sich jeder Schüler einen Partner und beide einigen sich auf acht gemeinsame Entscheidungen.
3. Jetzt bilden sich Gruppen. Diese müssen sich auf fünf gemeinsame Entscheidungen einigen.
4. Die Gruppen bestimmen aufgrund der Entscheidungen, ob sie sich eher als Europäer sehen oder nicht.

Endlich wieder zu Hause!

1. In diesem Text schwärmt die Autorin von Deutschland. Sie hat ihre Gründe.
2. Und wie sieht es bei dir aus?
   - Ich bin gern in meiner Heimatregion, weil …
   - Ich mag Deutschland, weil …
   - Ich bin gern Europäer / Europäerin, weil …
3. Was müsste geschehen, um auch so schwärmerisch über Europa schreiben zu können, wie die Autorin über ihre Heimat geschrieben hat?

EU-Staaten nehmen Kurs auf Euro

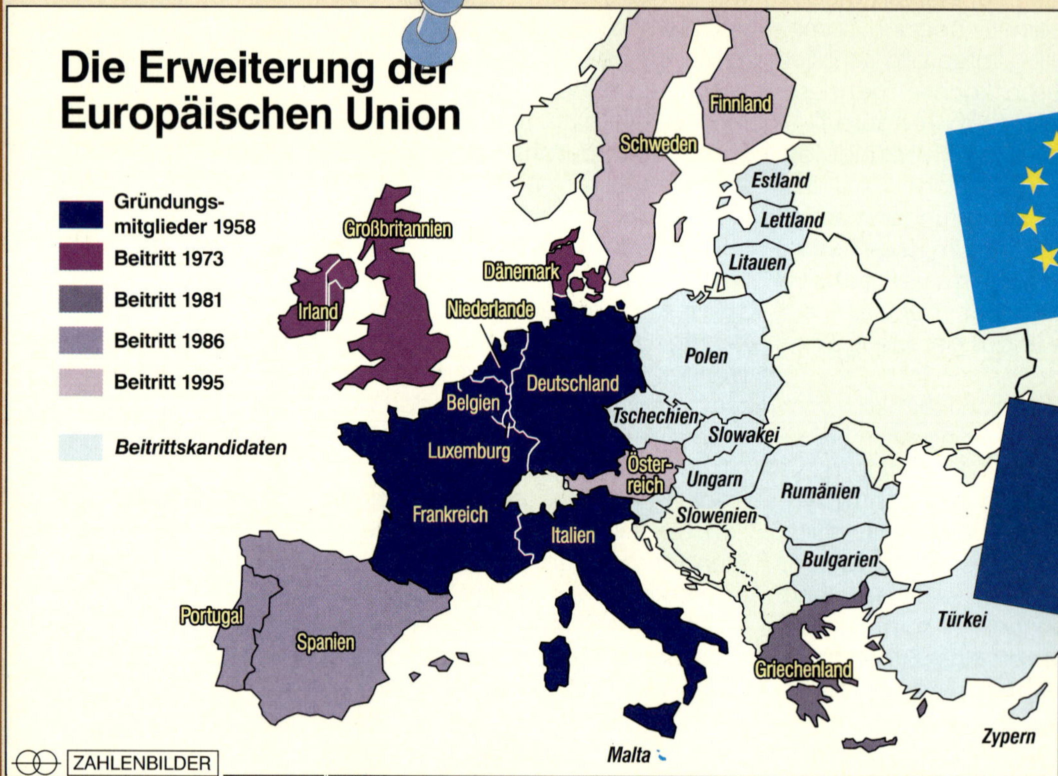

715 295

© Erich Schmidt Verlag

…sterweiterung

Lange Wege

…r die Europäische Union ist es hilf-…ich – und vielleicht ein bisschen …eschämend – zu erleben, mit wel-…chem Eifer ein halber Kontinent …uf Mitgliedschaft in einem Club drängt, der so viel Energie an bürokratischen Leerlauf vergeudet. Immerhin hat es die Union geschafft, die Zuversicht aller Kandidaten zu erhalten, ohne die hoch gespannten Erwartungen mit allzu wohlfeilen Illusionen zu bedienen. Das mag im Rückblick die groteske Bastelei an diversen Beitrittsmodellen rechtfertigen. Die von der Kommission vorgeschlagene Vorauswahl ist, weil sachlich geboten, im Grunde erhalten geblieben. Sie wurde aber mit einer Flexibilität angereichert, die vor allem den Rumänen, Litauern, Letten und Slowaken eine realistische Chance gibt, zu den Teilnehmern der ersten Verhandlungsgruppe aufzuschließen. Dazu kommt eine Prozedur, die nicht Unterschiede, sondern Gemeinsamkeiten betont. Eine andere, entscheidende Aufgabe des Großunternehmens europäische (Wieder-) Vereinigung ist bezeichnenderweise zu kurz gekommen. Die EU müsse sich „darauf vorbereiten, ihre Erweiterung unter guten Bedingungen durchzuführen", heißt es im Schlusskommuniqué. Doch genau da bleibt das meiste noch zu erledigen. (…)

(Knut Pries, in: Badische Zeitung)

Die vier Freiheiten im Binnenmarkt

Freier Personenverkehr
- Wegfall der Grenzkontrollen
- Harmonisierung der Einreise-, Asyl-, Waffen-, Drogengesetze
- Niederlassungs- und Beschäftigungsfreiheit für EU-Bürger
- Verstärkte Außenkontrollen

Freier Dienstleistungsverkehr
- Liberalisierung der Bank- und Versicherungsdienstleistungen
- Harmonisierung der Banken- und Versicherungsaufsicht
- Öffnung der Transport- und Telekommunikationsmärkte

Freier Warenverkehr
- Wegfall der Grenzkontrollen
- Harmonisierung oder gegenseitige Anerkennung von Normen und Vorschriften
- Steuerharmonisierung

Freier Kapitalverkehr
- Größere Freizügigkeit für Geld- und Kapitalbewegungen
- Schritte zu einem gemeinsamen Markt für Finanzdienstleistungen
- Liberalisierung des Wertpapierverkehrs

ZAHLENBILDER 715 320

Collage oder Pinnwand: Europa

Bei einer Collage werden zu einem vorliegenden Thema Texte, Bilder, Bildausschnitte oder auch andere Materialien gesammelt und zu einem Gesamtbild zusammengefügt. Dabei kommt es darauf an, dass unterschiedliche thematische Gesichtspunkte berücksichtigt werden und dass ein Bezug der gesammelten Materialien zum gestellten Thema besteht. Die Collage kann dabei etwas „ungeordnet" wirken, da es keine festen Aufbauregeln gibt.

Bei einer Pinnwand wird auch Material zu einem bestimmten Thema gesammelt, allerdings systematischer bzw. nach sachlichen Gesichtspunkten geordnet. Dies wird an eine Kork- oder Filzwand geheftet (pin = heften, anbringen). Der Vorteil einer Pinnwand gegenüber einer Collage ist der, dass die Möglichkeit besteht, die Materialien jederzeit umzuhängen, ältere gegen neuere auszutauschen und somit die Pinnwand regelmäßig zu aktualisieren.

1. Zu den Text- und Bildmaterialien passen folgende Schlüsselbegriffe:
2. Diese Schlüsselbegriffe kann ich aus folgendem Grund dem Material nur schwer zuordnen:
3. Eine eigene Klassen-Pinnwand erstellen als Langzeitaufgabe.

1. Mind Map

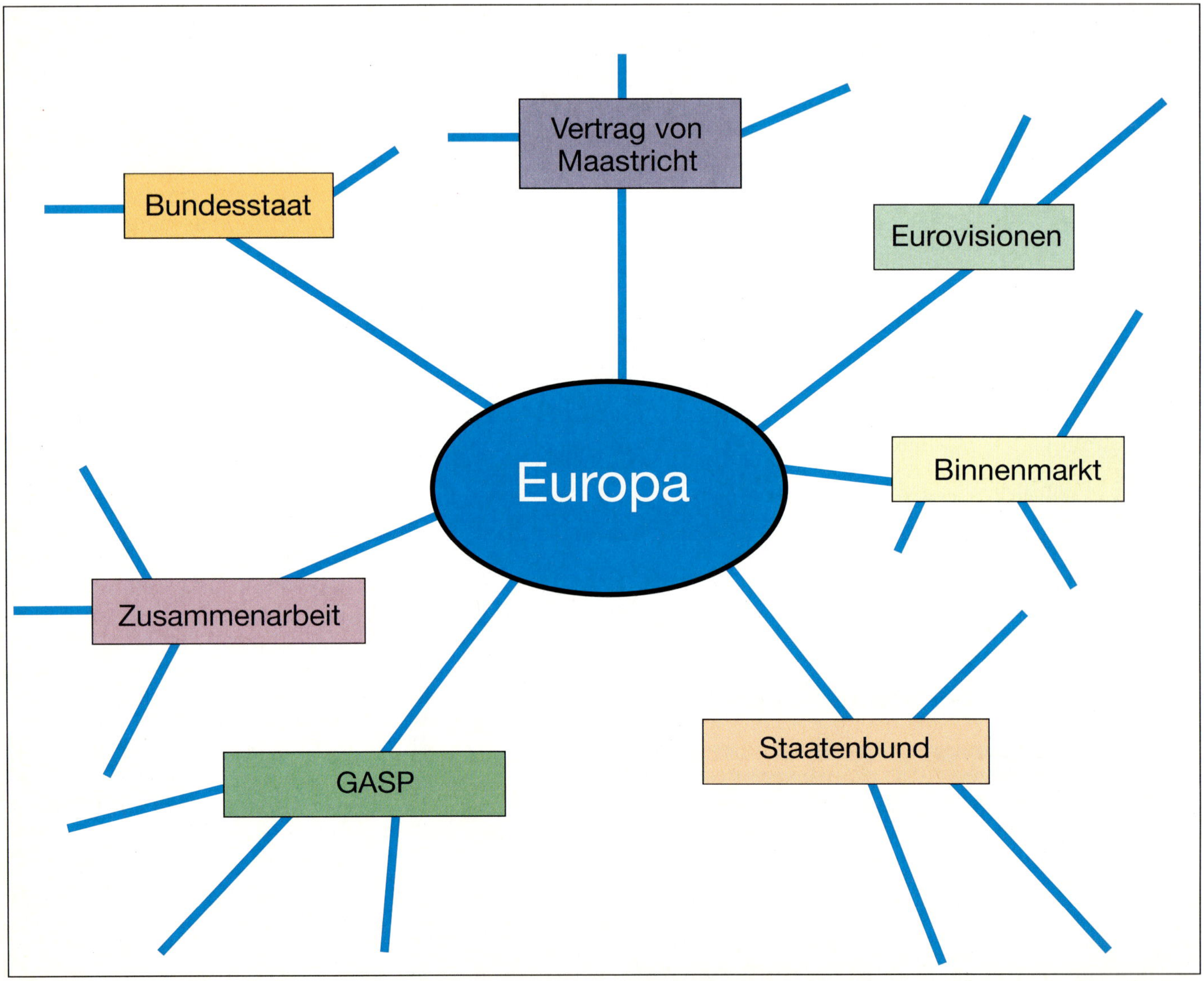

1. Mit Europa verbinden wir viele weitere Begriffe. Diese Begriffe werden erklärt und / oder mit weiteren Begriffen verbunden. So entsteht eine persönliche Mind Map.
2. Die Mind Map dient als Vorlage für einen kurzen Vortrag. Mithilfe einer Nummerierung sollte eine Reihenfolge festgelegt werden, die sinnvolle Übergänge anbietet.
3. Der Vortrag soll einige Male „im Kopf" gehalten werden, dann vor der Klasse.

2. Rund um Europa

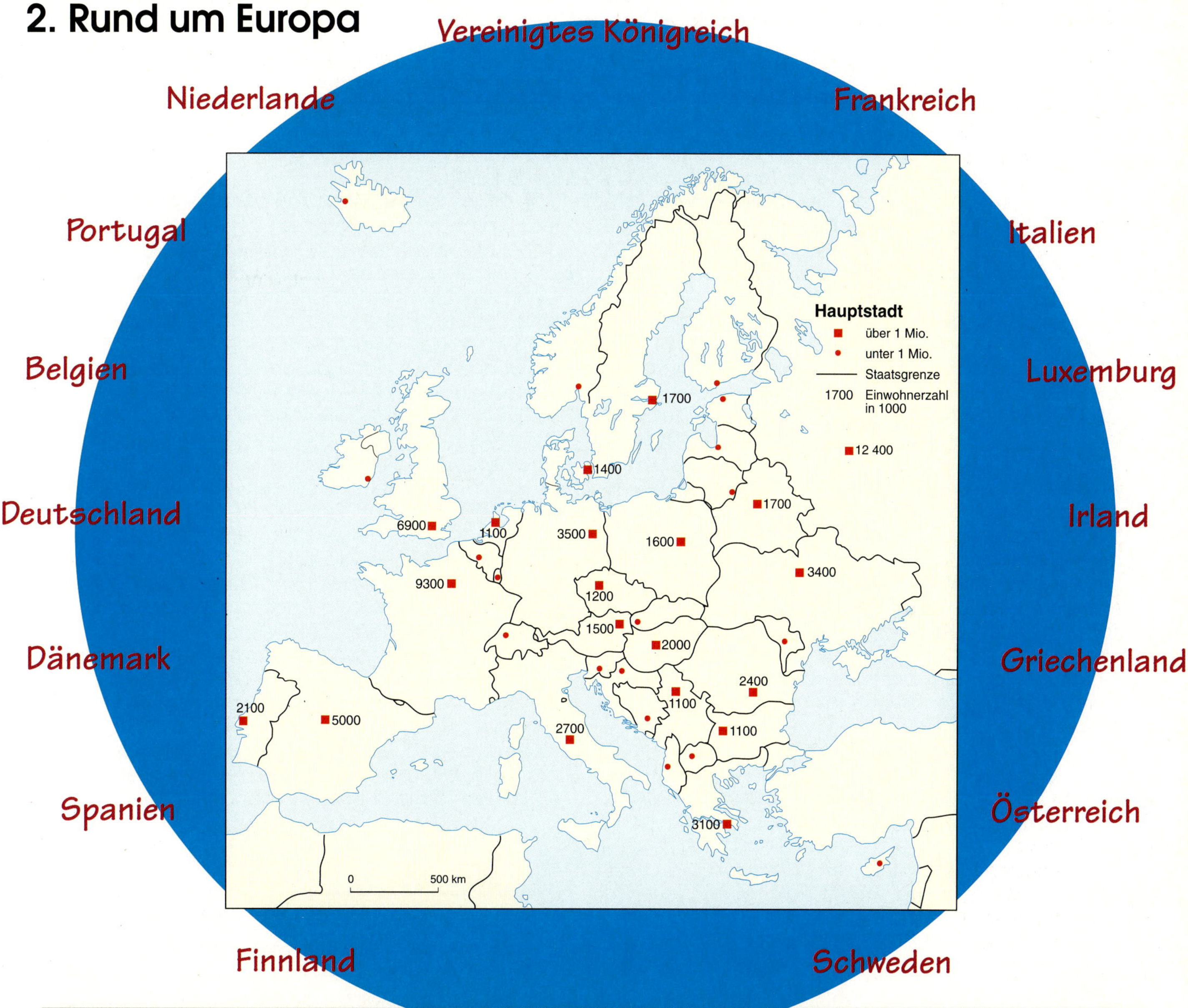

1. Die Ländernamen zuordnen.
2. Jedes Land hat eine Hauptstadt.
3. Die EU bereitet ihre fünfte Erweiterung vor, hauptsächlich nach Ost- und Südosteuropa.
   Der aktuelle Stand:
   (Vgl. S. 74.)

3. Europäische Utopien

Modell 1

Stellen wir uns ein Europa vor, das keinerlei politische Grenzen mehr hat. Von der äußersten westlichen Küste Portugals und Spaniens bis im Osten weit in die Tiefen der Türkei hinein und von den südlichsten Zipfeln der Inseln um Griechenland bis zu den nordischen Wäldern Norwegens: Die Vereinigten Staaten von Europa sind Wirklichkeit geworden!

„Wenn ich zurückdenke, noch vor wenigen Jahren, wie das war mit dem Reisen innerhalb Europas, ist es fast nicht zu glauben, wie das heute ohne weiteres möglich ist.

Meinen Reisepass habe ich sowieso zu Hause gelassen, den will an den Grenzübergängen keiner mehr sehen. Und wo früher wegen der Passkontrollen noch lange Schlangen waren, fahren die Fahrzeuge heute an verwaisten Zollstationen vorbei. Nur noch die Schilder und Flaggen am Straßenrand machen darauf aufmerksam, dass man die einzelnen Staatsgrenzen überschritten hat.

Bei meiner letzten Reise nach England vor einigen Jahren, bei der ich auf dem Weg einen Freund in Holland besuchen wollte, musste ich tatsächlich mehrere Geldbeutel mitnehmen – für deutsches, französisches, luxemburgisches, belgisches, holländisches und englisches Geld, weil ich ja nie wusste, ob und welches ich brauchen würde. Dieser Organisationsaufwand ist zum Glück nicht mehr nötig, der Euro ist ja jetzt innerhalb der Staatsgrenzen der Vereinigten Staaten von Europa alleiniges Zahlungsmittel. Und nicht nur im Zahlungsverkehr hat sich alles grundlegend geändert, sondern auch bei der Wahl von Wohnort und Arbeitsplatz. Mein Freund hat jetzt viel weniger bürokratischen Aufwand. Als Deutscher ist er mit einer Holländerin verheiratet und lebt und arbeitet in Belgien – und das ist ohne weiteres möglich.

Irgendwann werden sich die Menschen fragen, warum die Europäer nicht schon viel früher auf diese tolle Idee mit dem vereinigten Europa gekommen sind."

Modell 2

Aus einem enttäuschten Leserbrief an eine Zeitung der Zukunft:

„Die Chance, die wir hatten auf ein wirklich vereintes Europa, haben wir an uns vorübergehen lassen. Denn die endlosen und schwierigen Diskussionen um die europäische Einheit haben dann irgendwann zum Bruch zwischen den Mitgliedsstaaten geführt. Der Euro hätte ja vielleicht als Währung nie eingeführt werden dürfen, er ist auch schon wieder verschwunden aus den Köpfen und Geldbeuteln der Menschen und den Formularen der Banken. Die Souveränität der Staaten ist inzwischen wieder in vollem Maße hergestellt; was in jedem Land Gesetz ist, wird nun wieder nur dort entschieden und nicht irgendwo in Brüssel oder sonstwo. Die einheitliche Diplomatensprache Französisch ist wieder abgeschafft worden in den Ämtern, jedes Land wird in seiner Landessprache verwaltet.

Europa wird zwar weiterhin bestehen, aber nur als geografische Größe im Atlas, nicht mehr als politische oder wirtschaftliche Größe.

Die Idee des geeinten Europas ist wieder aufgegeben worden zugunsten des „alten" Status quo. Die einzelnen Nationen haben es nicht verstanden, die Idee des „Europäers" in den Köpfen der Menschen zu etablieren; zu sehr sehen wir uns wohl wieder als die fleißigen Deutschen, die temperamentvollen Italiener und die Business-Engländer ..."

1. In beiden Modellen werden verschiedene Punkte genannt, die für ein vereintes Europa bedeutsam sind:
2. Die in den beiden Modellen beschriebenen Situationen haben jeweils positive oder negative Auswirkungen auf den gemeinsamen Binnenmarkt, die Solidarität, die Zusammenarbeit und die GASP (Gemeinsame Außen- und Sicherheitspolitik):
3. Diese Auswirkungen bewerten:

4. Eine immer engere Union der Völker Europas schaffen

Die Idee der Erweiterung der EU hat neue Impulse erhalten. Es ist eine der wichtigsten Lehren, die aus der Kosovo-Krise gezogen werden können, dass Frieden und Sicherheit, Demokratie und Rechtsstaatlichkeit, Wachstum und Wohlstandschancen für ganz Europa erreicht werden müssen um in Frieden leben zu können. Die Erweiterung der EU ist dafür das am besten geeignete Instrument.

Aber wer Mitglied werden will, der muss auch zur EU passen. Deshalb hat die EU Kriterien für eine Mitgliedschaft aufgestellt:

1. **Politische Kriterien:** In den Staaten muss eine demokratische und rechtsstaatliche Ordnung herrschen. Die Menschenrechte müssen geachtet werden, insbesondere muss jeder seine Meinung frei äußern können. Minderheiten verdienen Achtung und Schutz. Eine Todesstrafe darf es nicht geben. Streitigkeiten zwischen Ländern müssen friedlich ausgetragen werden.
2. **Wirtschaftliche Kriterien:** Es bedarf einer funktionierenden Marktwirtschaft nach dem Prinzip: Angebot und Nachfrage bestimmen den Preis. Und das Beitrittsland muss Wettbewerb mit anderen EU-Ländern zulassen (Binnenmarkt).

www.uno.de

www.europa.int

www.imf.org

Zentrum für internationale Zusammenarbeit

www.cic-bonn.org

amnesty international FÜR DIE MENSCHENRECHTE

www.amnesty.de

www. lpb.bwue.de

Bundesministerium für wirtschaftliche Zusammenarbeit und Entwicklung

www.bmz.de

UNITED NATIONS HIGH COMMISSIONER FOR REFUGEES

www.unher.de

1. Wer sind die aktuellen Beitrittskandidaten für eine Mitgliedschaft in der EU (s. S. 74)?
2. Internetrecherche: Hier sind einige Adressen im Internet angegeben. Dort lassen sich Erkundigungen einholen, ob der jeweilige Beitrittskandidat bereits die von der EU aufgestellten Kriterien erfüllt.
   - Ein Land aussuchen und herausfinden, ob in dem Land die Menschenrechte geachtet werden, ob es keine Todesstrafe gibt und wie es um den Minderheitenschutz steht.
   - Weiter ist zu erkunden, ob das Land eine funktionierende Marktwirtschaft vorweisen kann.
3. Nach der Recherche ist begründet zu entscheiden, ob das Land der EU beitreten könnte.

Erster Weltkrieg

Richard Coudenhove-Kalergi (1894–1972):

Das Paneuropäische Manifest 1924

Europäer! Europäerinnen!
Europas Schicksalsstunde schlägt. In europäischen Fabriken werden täglich Waffen geschmiedet, um europäische Männer zu zerreißen – in europäischen Laboratorien werden täglich Gifte gebraut, um europäische Frauen und Kinder zu vertilgen.(…) Europas Politik steuert einem neuen Krieg zu. Dieser drohende Krieg bedeutet den Untergang Europas, seiner Kultur, seiner Wirtschaft. Andere Erdteile werden an dessen Stelle treten. (…)
Vor dieser Gefahr gibt es nur eine Rettung: Zusammenschluss des europäischen Kontinents zu einem Zollverband, Abbau der europäischen Zwischenzölle und Schaffung eines paneuropäischen Wirtschaftgebietes (…)
Die europäische Frage lautet:
„Ist es möglich, dass auf der kleinen europäischen Insel 25 Staaten in internationaler Anarchie nebeneinander leben, ohne dass dieser Zustand mit einer furchtbaren politischen, wirtschaftlichen und kulturellen Katastrophe endet?"
Die ganze europäische Frage endet also im Entweder-Oder:

- Krieg – oder Frieden!
- Anarchie – oder Organisation!
- Wettrüsten – oder Abrüsten!
- Konkurrenz – oder Kooperation!
- Zusammenbruch – oder Zusammenschluss!

Zu diesem Kampfe um Europa rufe ich alle auf, die an die Möglichkeit und Notwendigkeit der Vereinten Staaten von Europa glauben; für die Paneuropa keine Utopie sondern ein Programm ist; kein Traum sondern eine Forderung! (…)

1. Richard Coudenhove-Kalergi liefert einige Argumente für ein Vereintes Europa:
2. Auch heute lassen sich noch einzelne seiner Begründungen anführen:
3. Churchill strebt eine besondere Art des Zusammenschlusses an:
4. In der politischen Wirklichkeit von Coudenhove-Kalergi spielten seine Vorschläge kaum eine Rolle, denn die politische Situation der Zwanzigerjahre …

Köln 1945

Sir Winston Churchill (1874–1965)

Wir müssen etwas wie die Vereinigten Staaten von Europa schaffen. (...)

Das Verfahren ist einfach. Was wir benötigen ist der Entschluss von Hunderten von Millionen Männern und Frauen, Recht statt Unrecht zu tun und als Lohn Segen statt Fluch zu ernten (...)

Und warum sollte es keine europäische Gruppe geben, die den irregeleiteten Völkern dieses unruhigen und machtvollen Kontinents das Gefühl eines weit gespannten Patriotismus und einer gemeinsamen Staatszugehörigkeit einflößen könnte (...).

Der erste Schritt bei der Neugründung einer europäischen Familie muss eine Partnerschaft zwischen Deutschland und Frankreich sein. (...)

Die Struktur der Vereinigten Staaten von Europa, wenn sie gut und echt errichtet wird, muss so sein, dass die materielle Stärke eines einzelnen Staates von weniger großer Bedeutung ist. Kleine Nationen zählen ebenso viel wie große und erwerben sich ihre Ehre durch den Beitrag zur gemeinsamen Sache. (...)

Ich muss sie aber auch warnen. Die Zeit ist vielleicht knapp. Gegenwärtig haben wir eine Atempause. Die Geschütze schweigen. Der Kampf hat aufgehört, aber nicht die Gefahren.

(Winston Churchill: Europäische Rede, gehalten am 19. September 1946 in Zürich)

Die Wirtschaft – ein Motor der Politik

Die Europäische Union ist das Ergebnis eines Kooperations- und Integrationsprozesses, der im Jahre 1951 mit sechs Staaten (Belgien, Deutschland, Frankreich, Italien, Luxemburg und den Niederlanden) begann. Sie legten den Grundstein für die Europäische Gemeinschaft. 1957 wurde dann ein Vertrag geschlossen, der die Europäische Wirtschaftsgemeinschaft (EWG) als wirtschaftliche Union aus der Taufe hob.

Diese Europäische Wirtschaftsgemeinschaft hatte engere Wirtschaftsbeziehungen, mehr Wirtschaftswachstum und Stabilität sowie eine Hebung der Lebensqualität zum Ziel. Um das zu erreichen wurde ein gemeinsamer Markt errichtet und die Wirtschaftspolitik der Staaten näherte sich einander an.

Die heute bestehende Europäische Union (EU) hat auf dem Weg zur politischen Union die Überwindung der Teilung des europäischen Kontinentes, die Solidarität zwischen den Völkern, die Freizügigkeit und Sicherheit der Bürger sowie Bürgernähe und Umweltschutz zum Ziel. Um das zu erreichen wurden eine Unionsbürgerschaft, eine Wirtschafts- und Währungsunion und eine gemeinsame Außen- und Sicherheitspolitik angestrebt. Dabei versucht die EU so bürgernah wie möglich zu sein.

1. Die Ziele der EWG:
2. Die Ziele der EU:
3. Die Ziele der EWG und der EU werden umgesetzt durch ...

Die EU und ihre Organe

Der Ministerrat:
Im Ministerrat sitzt immer je ein Fachminister aus jedem Mitgliedsland der EU. Geht es um Fragen der Landwirtschaft, dann treffen sich die Agrarminister; geht es um Verkehr, dann sitzen die Verkehrsminister zusammen, wenn es notwendig ist. Der Ministerrat tagt in der Regel in Brüssel. Der Ministerrat ist das gesetzgebende Organ der Gemeinschaft, das heißt er beschließt, was für alle Mitgliedsstaaten der EU zu gelten hat. Allerdings muss das Europäische Parlament mitentscheiden. Im Rahmen dieses Verfahrens kann nichts verabschiedet werden, ohne dass das Europäische Parlament einverstanden ist. Zwar kann das Parlament selbst nicht entscheiden, aber es muss gefragt werden.

Die Kommission:
Die Kommission besteht zurzeit aus 20 Kommissaren. Zwei davon sind Deutsche. Sitz der Kommission ist Brüssel. Die Kommission hat drei Aufgaben: Sie macht dem Ministerrat und dem Parlament neue Vorschläge, was für Europa einheitlich geregelt werden sollte. Darüber hinaus setzt sie alle Beschlüsse des Ministerrates in die Tat um, das heißt sie führt durch, was beschlossen wurde. Weiter wacht sie über alle abgeschlossenen Verträge und Rechtsakte, das heißt sie überwacht die Mitgliedsstaaten, ob diese auch einhalten, was für alle gleich gelten soll. Die Kommission ist dem Parlament gegenüber verantwortlich. Die Kommissare können ohne Zustimmung des Parlaments nicht ernannt werden. Außerdem kann das Parlament der Kommission das Misstrauen aussprechen.

So arbeiten wichtige Organe der EU zusammen:

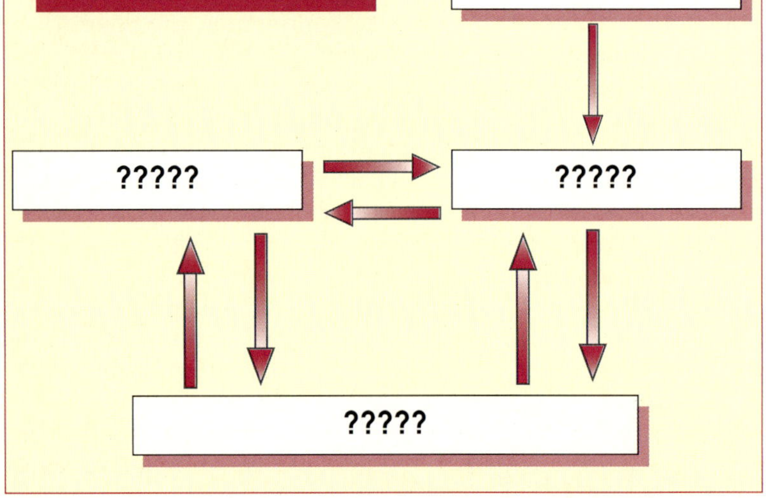

1. Für jedes der vier beschriebenen Organe der EU gilt es festzustellen:
   – Name: ....
   – Sitz: ....
   – Zusammensetzung: ....
   – Aufgaben: ....
2. Das Schaubild ist auszufüllen.
3. Welche der Organe der EU lassen sich zur Legislative und welche zur Exekutive zählen?

Das Europäische Parlament:
Das Europäische Parlament wird alle fünf Jahre von allen Bürgern der EU gewählt. Zurzeit gehören dem Parlament 624 Abgeordnete an. Deutschland als bevölkerungsstärkstes Land stellt 99 Abgeordnete. Das Parlament befindet sich in Straßburg. Seine Ausschüsse tagen in Brüssel und die Verwaltung sitzt in Luxemburg. Bei Entscheidungen des Ministerrates muss das Parlament gehört werden und zustimmen. Das Europäische Parlament ist zusammen mit dem Ministerrat die Haushaltsbehörde der Union. Es stellt jedes Jahr den Haushaltsplan der Union fest. Erst dann verfügt die Europäische Union über die finanziellen Mittel für das folgende Jahr. Außerdem muss das Parlament der Berufung der Kommission zustimmen. Weiter kann das Parlament Untersuchungsausschüsse einsetzen um Missstände und Misswirtschaft zu untersuchen. Verstößt die Kommission gegen Recht und Ordnung, dann kann das Parlament der Kommission gegenüber sein Misstrauen aussprechen und die Kommission muss dann zurücktreten.

Der Europäische Rat:
Der Europäische Rat setzt sich aus den jeweiligen Staats- und Regierungschefs der EU zusammen. Er hat keinen festen Sitz. Er tagt mindestens zweimal im Jahr. Gastgeber ist das Land, das jeweils die Ratspräsidentschaft ausübt. Diese wechselt alle sechs Monate. Der Europäische Rat legt die allgemeinen politischen Ziele der EU fest. Die gemeinsame Außen- und Sicherheitspolitik wird ebenso abgestimmt wie die Zusammenarbeit in Wirtschaftsfragen und Fragen der Beschäftigungspolitik. Umgesetzt werden diese Beschlüsse dann durch die anderen Organe der EU.

Viele Köche verderben hier nicht den Brei!

Ursprünglich war der Europäische Rat kein Organ der EU, denn er war zunächst nicht vorgesehen. Mittlerweile beraten die Staats- und Regierungschefs zweimal jährlich über die allgemeinen politischen Ziele der EU.
Umgesetzt wird die Politik der EU insbesondere durch fünf weitere Organe: das (von den Bürgern der Mitgliedsstaaten gewählte) Europäische Parlament, den Ministerrat (der die Regierungen der Mitgliedsstaaten vertritt), die Kommission (das Exekutivorgan mit Initiativrecht für die Gesetzgebung), den Gerichtshof (der die Einhaltung des Rechts gewährleistet) und den Rechnungshof (der die Haushaltsführung überwacht).
Diese Organe werden von mehreren Institutionen unterstützt: vom Wirtschafts- und Sozialausschuss und vom Ausschuss der Regionen (beratende Einrichtungen, die zur Berücksichtigung der einzelnen wirtschaftlichen und gesellschaftlichen Bereiche und Regionen der EU beitragen), vom europäischen Bürgerbeauftragten (der Beschwerden der Bürger über Mängel in der europäischen Verwaltung nachgeht), von der Europäischen Investitionsbank (die Finanzierungsinstitution der EU) und von der Europäischen Zentralbank (zuständig für die Währungspolitik im Euro-Währungsgebiet).

Europäischer Rat – Europäisches Parlament – Ministerrat – Kommission

1. Die Organe der EU sind:
2. Es gibt aber noch weitere Institutionen, die die Arbeit der Organe der EU unterstützen:
3. Was müsste sich im Vereinten Europa ändern, damit auch in der EU wie in einem demokratischen Staat entschieden wird?

Europa braucht einheitliche Regeln

Eine Gemeinschaft entsteht nur dann, wenn es einheitliche Regeln gibt, die von den Beteiligten akzeptiert werden. In der EU Ist das nicht anders. Welchen Nutzen sollte sonst die Gemeinschaft haben, wenn z.B. der eine Staat Einfuhrzölle erhöbe, der andere aber nicht; oder wenn in einem Mitgliedsland Menschen aus allen Ländern der Gemeinschaft eine Arbeitserlaubnis erhielten, in einem anderen aber nicht. In der Politik soll über die Regeln in einem demokratischen Prozess entschieden werden. Die Regeln werden schriftlich formuliert, sind allen zugänglich und erhalten Gesetzeskraft, d.h. sie sind verbindlich und einklagbar. Gesetze heißen in der Sprache der EU „Verordnungen“ oder „Richtlinien“. Verabschiedet die EU eine Verordnung, so muss diese mit dem Tag des Inkrafttretens in allen Mitgliedsländern angewendet werden. Hält sich ein Mitgliedsland nicht an eine geltende Verordnung, so kann es vor dem Europäischen Gerichtshof verklagt werden. Eine Richtlinie ist dagegen für Behörden und Bürger eines Mitgliedsstaates erst dann verbindlich, wenn sie von den zuständigen nationalen Parlamenten in ein Gesetz umgewandelt wurde.

Der Europäische Gerichtshof mit Sitz in Luxemburg hat die Aufgabe bei der Anwendung und Auslegung der für die EU geltenden Verträge und deren Richtlinien für die Wahrung des Rechts zu sorgen. Als Judikative wird das Gericht also

1

Straßburg: ????? berät erneut, macht Änderungsvorschläge und kontrolliert bisherige Arbeitsergebnisse. ???? kann nicht entscheiden.

2

Brüssel: ????? entwickelt einen Vorschlag.

3

Straßburg: ???? nimmt zu dem Entwurf Stellung. Für den weiteren Verlauf der Beratung kann es Empfehlungen aussprechen.

4

Brüssel: ????? entscheidet nun den Entwurf mit Mehrheit. Hätte das Europäische Parlament den Vorschlag abgelehnt, könnte ???? ihn doch verabschieden. Allerdings wäre dann Einstimmigkeit erforderlich.

5

Brüssel: ????? berät über den Entwurf.
Will er ihn ändern, muss er es einstimmig tun. Will er ihn annehmen genügt eine Zwei-Drittel-Mehrheit.

6

z. B. Berlin, Paris usw.: Sobald ????? die EU-Richtlinie in ein Gesetz umgewandelt haben, tritt es für alle EU-Bürger in Kraft.
???? wacht darüber, dass die Richtlinien (und die Verordnungen) auch tatsächlich eingehalten werden.

1. Worin liegt der Unterschied zwischen einer „Verordnung“ und einer „Richtlinie“?
2. Vom Vorschlag bis zum Inkrafttreten durchläuft eine Richtlinie verschiedene (europäische) Institutionen.
   a) Die beteiligten Institutionen benennen:
   b) Den Weg in die richtige Reihenfolge bringen:

tätig, wenn es bei Streitigkeiten angerufen wird. Es darf selbst natürlich kein Recht setzen. Bei Streitigkeiten über Vertragsverletzungen und Vertragsauslegungen kann das Gericht angerufen werden, z. B. wenn ein Mitgliedsstaat seinen Verpflichtungen nicht nachkommt. Außerdem überwacht das Gericht das Handeln der Organe der EU und überprüft bei den so genannten Nichtigkeitsklagen, ob die Organe der EU rechtmäßig gehandelt haben. Bei den so genannten Untätigkeitsklagen stellt das Gericht fest, ob ein Organ der EU untätig geblieben ist, obwohl es hätte handeln müssen. Und letztendlich können im Rahmen der Individualklage auch Einzelpersonen und Unternehmen klagen, wenn sie glauben durch EU-Recht in ihren Rechten verletzt worden zu sein.

a

Das Königreich Belgien versagte Bürgern der EU das kommunale Wahlrecht. Da Belgien trotz Aufforderung durch die Kommission nicht tätig wurde, erhob diese Klage.

b

Frau Gruber klagte gegen ihre Firma, da sie sich als Mutter diskriminiert fühlte. Nachdem die Klage durch die nationalen Gerichte nicht endgültig entschieden wurde, klagte Frau Gruber beim Europäischen Gerichtshof. Sie ist der Meinung, österreichische Arbeitnehmervorschriften seien mit dem Gemeinschaftsrecht der EU nicht vereinbar.

c

Die Kommission lehnte den Antrag einer Pharmafirma ab, ein Wachstumshormon in die Liste von unbedenklichen Mitteln aufzunehmen. Die Firma klagte vor dem Europäischen Gerichtshof, weil die Kommission ihrer Ansicht nach die Bestimmungen nicht richtig auslegte.

d

Nachdem ein privater spanischer Fernsehsender mehrmals bei der Kommission eine Beschwerde wegen Wettbewerbsverzerrungen auf dem spanischen TV-Markt vorgebracht hatte und diese nicht reagierte, klagte dieser Sender gegen die Kommission vor dem Europäischen Gerichtshof.

e

Wer in Deutschland ohne Ausweis angetroffen wird, muss Strafe bezahlen. Ein Ausländer bis zu 5000 DM, ein Deutscher bis zu 1000 DM. Die Kommission klagt, weil Deutschland gegen EU-Recht verstößt.

1. Vier unterschiedliche Klagen sind vor dem Europäischen Gerichtshof möglich:
2. Die Fälle sind den Klagemöglichkeiten zuzuordnen.

1. Die Organe der EU sind …
2. Wir unterscheiden Legislative, Exekutive und Judikative. Welche Aufgaben nehmen die einzelnen Organe wahr?

Entscheidungen treffen und umsetzen

Der Kopf braucht das Herz und ohne die Lunge können beide nicht. In unserem Körper wirken die unterschiedlichen Organe zusammen, damit wir leben können. Auch die Organe der EU wirken zusammen. Der Europäische Rat fällt die Grundsatzentscheidungen, legt fest, wohin die Reise für die EU geht. Die Kommission entwickelt auf dieser Basis konkrete Vorschläge. Das Parlament muss informiert werden und sein Ratschlag zählt. In einigen Fällen bedarf es seiner Zustimmung. Die eigentliche Entscheidung wird dann im Ministerrat gefällt. Die Fachminister der Mitgliedsländer beraten und beschließen die Vorlage. Jetzt ist sie als Verordnung oder Richtlinie für alle Mitgliedsländer verbindlich und wird von der Kommission umgesetzt. Das Parlament kontrolliert die Kommission und kann ihr das Misstrauen aussprechen.

Bei den vielen Organen, die zusammenwirken müssen, kommt es schon mal zum Streit. Dann kann der Europäische Gerichtshof angerufen werden um den Streit zu schlichten. Aber auch Einzelpersonen oder Unternehmen können vor dem Gericht klagen, wenn sie sich in ihren Rechten verletzt fühlen. Eine Kontrollfunktion übt auch der Europäische Rechnungshof aus, der die Haushaltsführung überwacht.

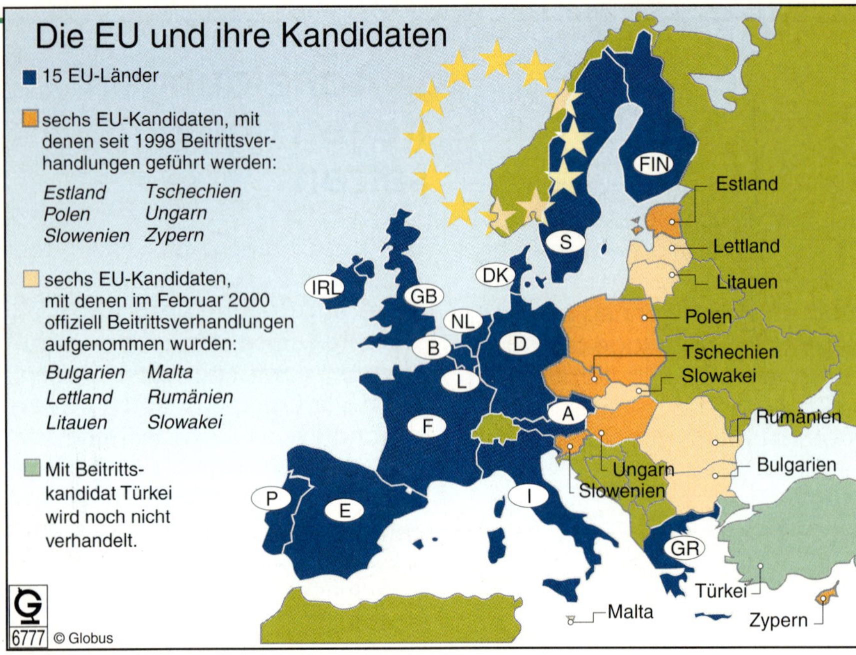

Hilfe und Beistand

Der jüngste EU-Erweiterungsprozess wurde am 30. März 1998 eingeleitet und es gibt eine ganze Reihe von Kandidaten (s. Karte). Die EU-Bevölkerung wird sich erheblich vergrößern, wenn alle Beitrittsländer aufgenommen werden. Nicht weniger als 105 Millionen Menschen warten auf den Beitritt. Ein besonderes Problem wird in den Wanderungen liegen. Die Löhne in den Beitrittsländern sind heute wesentlich geringer als westeuropäischen Löhne. Angesichts dieser Zahlen ist nach der EU-Erweiterung mit einer massenhaften Westwanderung zu rechnen. Der bestehende Entwicklungsabstand zur EU kann nur in einem längeren Prozess abgebaut werden. Besonders im Agrarbereich wird es zu Problemen kommen. Die Kleinbauern im Osten werden schnell von den westeuropäischen Großbetrieben an die Wand gedrückt. Um große soziale und politische Verwerfungen zu verhindern, wird es bedeutender Mittel auch der EU bedürfen, um die osteuropäische Landwirtschaft zu modernisieren, die freigesetzten Arbeitskräfte umzuschulen und millionenfache neue Beschäftigungsmöglichkeiten zu schaffen. Große Teile der für die Regionalförderung vorgesehenen EU-Mittel müssten sofort in die neuen Mitgliedsländer fließen. Nicht nur die jetzigen Hauptnutznießer der EU-Regionalförderung (Spanien, Griechenland, Portugal und Irland) würden massiv benachteiligt. Auch viele bisher geförderte Regionen in den anderen westeuropäischen Ländern – darunter auch speziell die ostdeutschen Bundesländer – müssten auf erhebliche Fördermittel verzichten. Mit der Osterweiterung verschieben sich die EU-Außengrenzen weit nach Osten und Südosten. Die EU wird zum unmittelbaren Nachbarn der Nachfolgestaaten der Sowjetunion und Jugoslawiens. Die Geschichte hat zudem in dieser Region viele politische Sprengsätze hinterlassen, die leicht zu Konflikten führen können (z.B. Minderheitenpolitik und Grenzen in Südosteuropa und im Baltikum). Zu berücksichtigen ist auch der explosive albanisch-jugoslawische Raum, der von der erweiterten EU unmittelbar umschlossen sein würde.

Zwischen bestimmten Regionen der Union liegen weiterhin erhebliche Unterschiede. So ist beispielsweise das Bruttoinlandsprodukt (BIP) pro Kopf von Luxemburg doppelt so hoch wie dasjenige von Griechenland. Und Hamburg ist die wohlhabendste Region Europas mit einem viermal so hohen Pro-Kopf-Einkommen wie dasjenige im Alentejo in Portugal. Diese Unterschiede zwischen den Regionen schaden dem Zusammenhalt der Union. Förderung der ärmsten Regionen ist notwendig. Allerdings sind auf diese Förderung nur 20% der EU-Bürger angewiesen. Andere Regionen unterliegen einem starken Wirtschaftswandel. Menschen ziehen in die Städte. Das Land verödet. Auch hier muss die EU eingreifen, indem neue Entwicklungsprogramme für den ländlichen Raum gestartet werden. Oft gehen Menschen weg, weil sie keine Arbeit haben. Durch Maßnahmen zur Beschäftigung wird versucht diesen Trend zu stoppen. Da die Gruppe der Beitrittskandidaten einen mehr oder weniger großen Entwicklungsrückstand aufweist und da diese Länder außerdem größtenteils noch sehr stark agrarisch geprägt sind, erwarten sie eine erhebliche Beteiligung an der Nutzung der EU-Agrar- und Strukturfonds. Große Hoffnungen werden auch auf die spätere Mitgliedschaft in der Europäischen Währungsunion gesetzt.

Einheit in Vielfalt ...

Europa wächst zusammen, heißt es. Doch Brüssel und Straßburg sind weit weg. In unserer Heimat fühlen wir uns wohl, kennen wir uns aus. Aus diesem Grund gilt innerhalb der EU das Subsidiaritätsprinzip. Es besagt, dass die Länder, Kreise und Gemeinden grundsätzlich ihre Belange selbst regeln. Wenn sie allerdings Hilfe brauchen, dann gewährt die EU Beistand.

Es gibt keinen Grund europaweit vorzuschreiben, wie ein Park oder eine Schule auszusehen hat. Nur was für alle EU-Bürger einheitlich zu gelten hat, muss auch einheitlich geregelt sein. Das gilt für Ausweise, Führerscheine ebenso wie für einheitliche Abgaswerte, andere Umweltstandards und vieles mehr.

Doch die besten Regelungen nutzen wenig, wenn sich die Bürger nicht als Europäer fühlen. Aus dem Gefühl der Solidarität, dem Gefühl der Zusammengehörigkeit heraus helfen die „Stärkeren" den „Schwächeren". Nur so lässt sich erreichen, dass die einen sich nicht als reine Zahlmeister verstehen und die anderen als Almosenempfänger sehen.

Doch gerne wird nur gegeben oder genommen, wenn man den anderen kennt und schätzt. Städtepartnerschaften, Kultur- und Schüleraustausche tragen ebenso dazu bei, Europa kennen zu lernen, wie eine gemeinsame Sprache.

Subsidiarität – Solidarität – Subsidiarität – Solidarität

Diese Fahne weht, wenn sich Politiker aus der Schweiz, Frankreich und Deutschland treffen. Eine trinationale Gegend hat in der Oberrheinfahne ein Symbol für die Zusammengehörigkeit ihrer Einwohner, ein Symbol für den Willen zum Aufbau eines Europas der Regionen, von unten nach oben. Die Bildung eines Regio-Parlaments, das auch vom Volk gewählt wird, das politische Befugnisse und eigene Finanzen hat, ist noch Utopie. Aber nach der Einführung des Euro werden bald Menschen in Freiburg oder Mülhausen einkaufen gehen ohne lästigen Geldwechsel. Züge werden von Colmar nach Freiburg fahren ohne Unterbrechung durch Grenzkontrollen. Gemeinsame Konzepte bei Industrieansiedlungen, bei der Umweltpolitik oder eine gemeinsame Fremdenverkehrsordnung sind die Aufgaben, die am besten vor Ort geregelt werden können.

1. Welche Veränderungen in der EU werden in den Texten angesprochen?
2. Auf den ersten Blick: In den Texten lassen sich Beispiele für Solidarität und Subsidiarität finden.
3. Auf den zweiten Blick: Manche Maßnahmen der EU wirken sich indirekt auf die Subsidiarität aus.

1. Subsidiarität bedeutet ...
2. Solidarität bedeutet ...
3. Sich gegenseitig kennen zu lernen ist wichtig für Europa, denn ...
4. Ich verstehe mich eher als Europäer / nicht als Europäer, weil ...

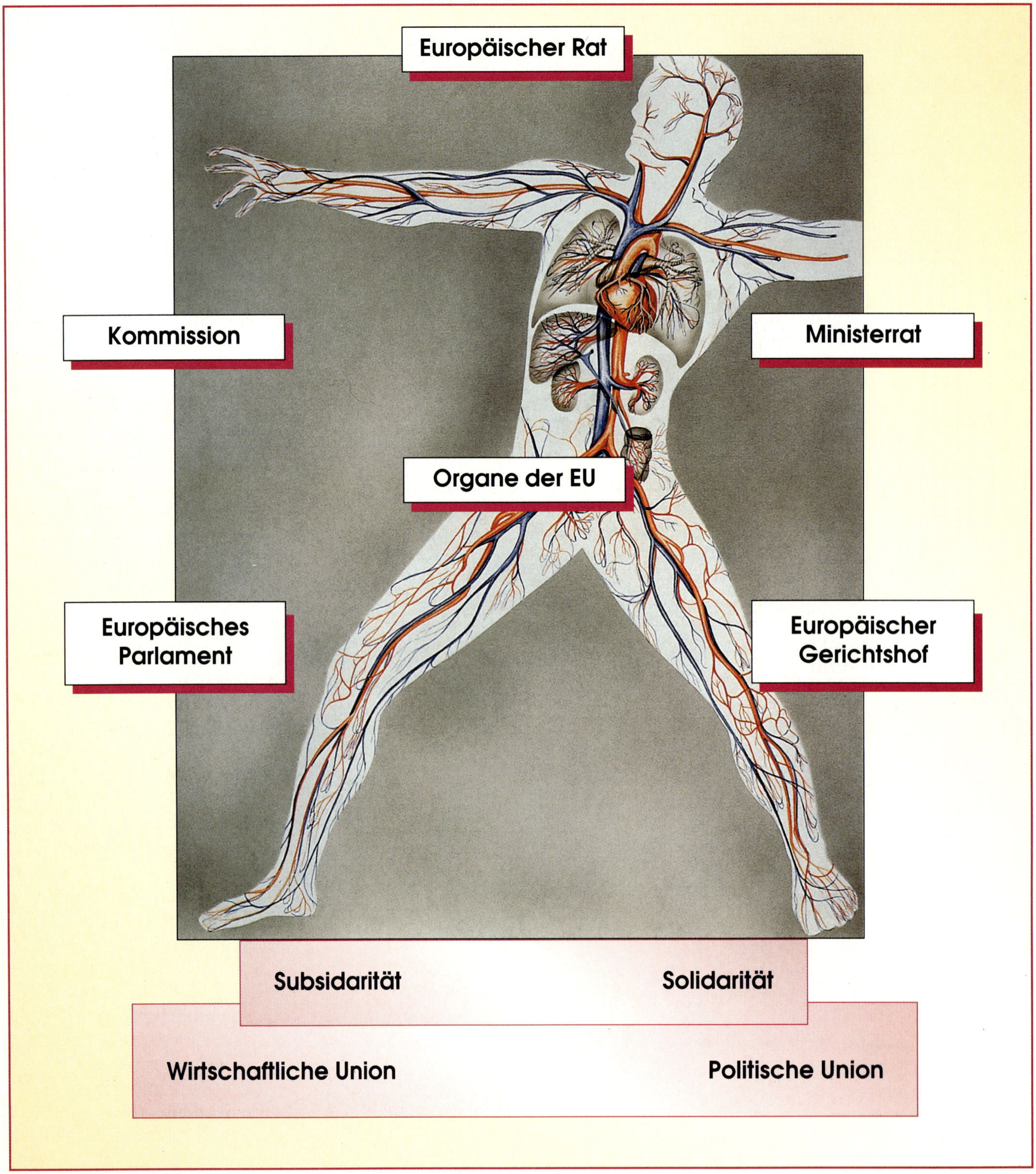
Europäischer Rat
Kommission
Ministerrat
Organe der EU
Europäisches Parlament
Europäischer Gerichtshof
Subsidarität
Solidarität
Wirtschaftliche Union
Politische Union

Kern-Info

Die Römer kontrollierten weite Teile Europas. Auch Karl der Große begründete ein europäisches Reich. Napoleon unterlag dem Widerstand der europäischen Nationalstaaten und auch das nationalsozialistische Regime musste erfahren, dass die Völker Europas unter Zwang nicht beherrschbar sind. Heute versuchen die Staaten Europas auf friedlichem Weg zueinander zu finden und dieser Weg ist mühsam. 1957 gründeten sechs Staaten Europas die Europäische Wirtschaftsgemeinschaft. Ein einheitliches Wirtschaftsgebiet wurde geschaffen, eine wirtschaftliche Union entstand. Der Gedanke an ein auch politisch vereintes Europa sorgte dafür, dass 1992 im Vertrag von Maastricht die Europäische Union festgeschrieben wurde. Der eigentliche Motor für den europäischen Einigungsprozess ist der Europäische Rat. In ihm wirken die Staats- und Regierungschefs zusammen. Sie beraten und beschließen, wie es in Europa weitergehen soll. Sie vereinbaren Verträge, die die Mitgliedsstaaten binden.

Heute sind wir einer politischen Union näher denn je. Zwar hat das Europäische Parlament keine volle legislative Funktion wie zum Beispiel der Bundestag für Deutschland. Aber es muss gehört werden, sein Ratschlag zählt und bei einigen Beschlüssen muss es zustimmen. Außerdem kontrolliert es die Kommission und kann ihr das Misstrauen aussprechen, wenn sie nicht im Sinne Europas handelt. Die Kommission ist die Hüterin der europäischen Verträge. Sie setzt diese in Richtlinien und Verordnungen um, damit die Verträge nicht nur auf dem Papier stehen. Allerdings kann die Kommission nicht selbst entscheiden. Ihre Vorschläge hat sie neben dem Parlament vor allem dem Ministerrat zu unterbreiten. Von dem Inhalt des Vorschlags hängt es ab, welche Fachminister sich als Ministerrat zusammensetzen. Dieser beschließt, was als Richtlinie oder Verordnung wirksam werden soll. Eine wichtige Funktion hat auch der Europäische Gerichtshof. Er kann angerufen werden, wenn ein Mitgliedsstaat seinen Verpflichtungen nicht nachkommt. Außerdem überwacht das Gericht das Handeln der Organe der EU. Es entscheidet darüber, ob die Organe rechtmäßig gehandelt haben und fordert auf tätig zu werden, wenn dies durch die Organe versäumt wurde. Und letztendlich können auch Einzelpersonen und Unternehmen klagen, wenn sie glauben durch EU-Recht in ihren Rechten verletzt worden zu sein.

Die EU besteht aber nicht nur aus Organen und Einzelpersonen. Sie setzt sich auch aus unterschiedlichen Regionen zusammen, die sich gegenseitig unterstützen. Reiche Regionen geben und ärmere nehmen. Solidarität nennt man das. In einem vereinten Europa dürfen die wirtschaftlichen und sozialen Gegensätze zwischen den Regionen nicht zu groß sein. Unfriede und ein Auseinanderbrechen der EU könnten sonst die Folge sein. Andererseits muss jede Region ihre nationalen Eigenarten wahren dürfen, wenn sie dem Allgemeininteresse nicht entgegenstehen. Deshalb gilt das Prinzip der Subsidiarität: Jede Region regelt grundsätzlich ihre Belange selbst. Wenn sie allerdings Hilfe braucht, gewährt die EU Beistand. Belange, die für alle EU-Mitglieder gleich geregelt sein müssen, regeln die Mitgliedsländer gemeinsam durch die Organe der EU.

PRÄSENTATION

Organe der EU

Europäischer Rat

Kommission

Ministerrat

Europäisches Parlament

Europäischer Gerichtshof

Subsidarität

Solidarität

Wirtschaftliche Union

Politische Union

1. Einen **Vortrag** halten
   (siehe Seite 24)
2. Ein **Plakat** entwerfen
   (siehe Seite 46)
3. Ein **Feature** ausarbeiten
   (siehe Seite 70)

4 Eine Computeranimation gestalten

Eine Computeranimation gestalten:

Computeranimationen kennen wir aus dem Kino. Dinge werden möglich, die es eigentlich gar nicht gibt; der Computer „errechnet" Fantastisches. Und wenn etwas unmöglich ist, dann wird es durch Animation möglich gemacht, zum Leben erweckt.
In der Schule wird mithilfe des Rechners etwas Ähnliches gemacht, nämlich mit bestimmten Software-Programmen eine Thematik so verarbeitet, dass sie wie ein Film präsentiert werden kann.

Wie geht es genau?

Eine Präsentations-Software (z.B. Power Point) bietet einfache Möglichkeiten Dinge zu präsentieren, kann aber auch durch eigene Ideen oder Musikstücke bereichert werden.
Die Computeranimation erfordert einiges an Vorbereitung. Wenn die Klasse zur Vorführung gebeten werden soll, muss das nicht heißen, dass alle gedrängt auf einen Bildschirm schauen. Das Ergebnis sollte besser auf eine Leinwand oder eine freie Wand im Klassenzimmer projiziert werden! Oder sogar den Beamer im Computerraum der Schule nutzen.
In einer kurzen Anfangsphase soll auf die Thematik eingegangen werden. Hier könnten schon die Schlüsselbegriffe genannt sein, die dann nach und nach miteinander verknüpft zu einem Gesamtbild werden. Die Schlüsselbegriffe sollen dabei „in Szene gesetzt" werden. Sie müssen mit Inhalt gefüllt, nicht nur mithilfe einer tollen Software kurz ins Bild geschoben werden. Dabei können sie akustisch „untermalt" und mit verschiedenen Schriftarten voneinander abgehoben sein. Der Vorteil der Animation ist, dass die Thematik durch das bewegte Bild den Zuschauer in ihren Bann ziehen kann. Aber Vorsicht: Am Schluss noch einmal kurz die Thematik zusammenfassen und die Information höher bewerten als „Showeinlagen" während der Präsentation, denn die anderen müssen am Ende gut informiert sein.

Karikatur – oder: Was hat das mit dem Thema zu tun?

1

Eine Karikatur ist eine zeichnerische Darstellungsform. Es werden Sachverhalte aus Politik, Wirtschaft oder Gesellschaft in einer übertriebenen Form dargestellt. Herauszufinden ist, was der Karikaturist aussagen will:

1. Was ist dargestellt, d.h. wie könnte eine Überschrift lauten.
2. Wie stellt der Karikaturist das Thema dar? In der Regel lässt sich zu einer Karikatur eine Geschichte erzählen
3. Ist aus der Karikatur eine bestimmte Einstellung oder Meinung oder Deutung des Zeichners zu erkennen? Wie lässt sich die Geschichte auf die Wirklichkeit übertragen ?
4. Jeweils drei der Schlüsselbegriffe müssen anhand einer Karikatur besprochen werden.
5. Wer gut zeichnen kann, der entwirft eine eigene Karikatur. Wer nicht zeichnen mag, der sucht nach einer aktuellen Karikatur zum Thema.

2

„... sehen wir im Quotenstreit folgende Problemlösung!"

„Herzlich willkommen!"

3

Institutionen der EU

Um die Aufgaben und die Zusammenarbeit dieser Institutionen zu verstehen können wir uns die EU als einen Bus vorstellen, der halb voll besetzt mit Menschen aus fünfzehn verschiedenen Ländern in Richtung Vereintes Europa fährt; weitere Passagiere können einsteigen.

Die wichtigsten Einrichtungen (Organe) der Gemeinschaft sind:

- die Europäische Kommission in Brüssel (EU-Kommission)
- der Ministerrat in Brüssel
- das Europäische Parlament in Straßburg
- der Rat der Regierungschefs (Europäischer Rat)
- der Europäische Gerichtshof in Luxemburg.

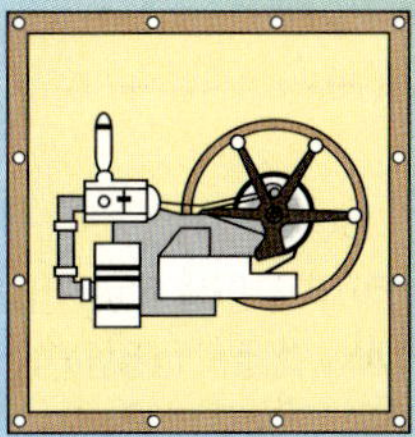

In jedem Bus muss es einen Motor geben. Er hat die Aufgabe das Fahrzeug anzutreiben, es zu bewegen und zu beschleunigen.

Ohne einen Fahrer kann unser Bus nicht in Richtung Vereintes Europa fahren. In jedem Fahrzeug trifft der Fahrer die wichtigsten Entscheidungen und trägt große Verantwortung.

Die Mitfahrer im Bus sind über alle Vorgänge auf der Fahrt nach Europa genauestens informiert. Da sie sich kompetent fühlen, möchten sie gerne einmal das Steuerrad der Gemeinschaft übernehmen.

Fehlt noch ein Schutzmann, der aufpasst, dass sich alle an die vereinbarten Regeln halten.

Der Europäische Rat legt als Wegweiser die grundlegende Richtung für das weitere Zusammenwachsen der Staaten Europas fest.

Die Klasse wird in Gruppen eingeteilt.

1. Schritt:
Zunächst wird das Bild analysiert. Es wird überprüft, ob man die Einrichtungen der EU tatsächlich so darstellen kann.

- Die Kommission als Motor!
  Warum?
- Der Ministerrat als Fahrer!
  Warum?
- Das Parlament als Mitfahrer!
  Warum?
- Der Europäische Rat als Wegweiser!
  Warum?
- Der Gerichtshof als Polizist!
  Warum?

2. Schritt:
Ließe sich das Zusammenspiel der Organe der EU nicht besser anders darstellen? Zum Beispiel als:

- Zug
- Flugzeug
- Karussell
- oder vielleicht als Blume?

3. Schritt:
Jede Gruppe entwirft ein Modell und stellt es vor.

Modelle für Europa

Staatsorgane der Bundesrepublik Deutschland

Die Bundesrepublik Deutschland ist ein demokratischer und sozialer Bundesstaat (Art. 20 Grundgesetz). Das **demokratische Prinzip** besagt, dass die politische Willensbildung vom Volk ausgeht; dies geschieht der Form nach vor allem durch die Wahl von Abgeordneten zum Parlament. Aus dem **Sozialstaatsprinzip** ergibt sich die Verpflichtung des Staates, zu einer gerechten Sozialordnung beizutragen. Das **föderative Prinzip** gibt den Bundesländern das Recht, ihr staatliches Leben im Rahmen der verfassungsmäßigen Ordnung frei zu gestalten: Es verpflichtet sie zugleich, die gesamtstaatlichen Belange zu wahren und an der Erfüllung zentraler Aufgaben mitzuwirken. Das **Rechtsstaatsprinzip** bindet die Staatsgewalt an Recht und Gesetz und unterwirft sie der Überprüfung durch unabhängige Gerichte.

Nach dem Grundsatz der **Gewaltenteilung** werden die verschiedenen Funktionen der Staatsgewalt durch mehrere voneinander unabhängige Staatsorgane ausgeübt. Oberstes gesetzgebendes Organ ist der **Bundestag**, dessen Abgeordnete alle vier Jahre in allgemeiner, freier, gleicher und geheimer Wahl unmittelbar vom Volk gewählt werden. Durch den **Bundesrat**, der das föderative Element im Staatsaufbau verkörpert, wirken die Länder an der Gesetzgebung des Bundes mit. Im Gesetzgebungsverfahren ist je nach dem Gegenstand des Gesetzes die Zustimmung des Bundesrats erforderlich oder doch zumindest sein Einspruch möglich.

Die völkerrechtliche Vertretung des Bundes liegt beim **Bundespräsidenten**, der von der Bundesversammlung auf jeweils fünf Jahre gewählt wird. Die Bundesversammlung besteht aus den Bundestagsabgeordneten und einer gleichen Anzahl von Mitgliedern, die von den Parlamenten der Bundesländer entsandt werden. Auf Vorschlag des Bundespräsidenten wählt der Bundestag mit den Stimmen der Mehrheit seiner Mitglieder den **Bundeskanzler**. Die vom Bundeskanzler ausgewählten Mitglieder der **Bundesregierung** werden auf seinen Vorschlag vom Bundespräsidenten ernannt und entlassen. Der Bundeskanzler bestimmt die Richtlinien der Politik. Er kann nur durch ein so genanntes konstruktives Misstrauensvotum abgewählt werden, dann nämlich, wenn der Bundestag mit der erforderlichen Mehrheit einen neuen Bundeskanzler wählt.

Die Ausübung der rechtsprechenden Gewalt liegt beim **Bundesverfassungsgericht**, den Bundesgerichten und den Gerichten der Länder. Das Bundesverfassungsgericht als Hüter des Grundgesetzes besteht aus zwei Senaten mit je acht Richtern. Sie werden je zur Hälfte vom Bundestag und vom Bundesrat gewählt.

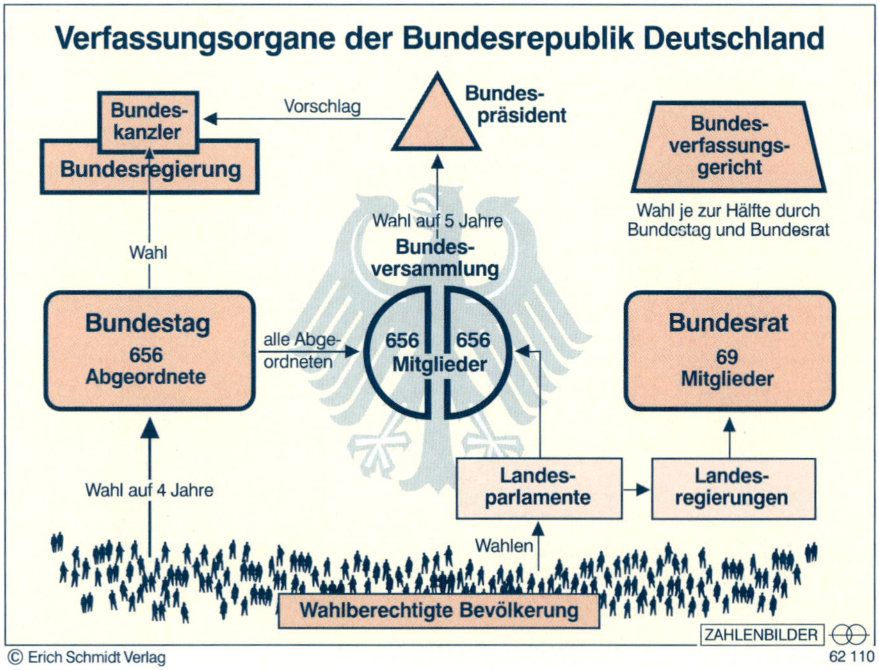

Das Verfassungssystem der USA

Wesentliches Merkmal des Regierungssystems der USA ist die weitgehende **Trennung der drei Staatsgewalten** (Exekutive, Legislative und Judikative), deren Träger sich aber wechselseitig kontrollieren und ausbalancieren, um jedem Machtmissbrauch vorzubeugen.
Als gesetzgebendes Organ fungiert der **Kongress**, der aus zwei Kammern besteht: Im **Senat** sind die 50 US-Bundesstaaten unabhängig von ihrer Größe durch jeweils zwei Senatoren vertreten. Das **Repräsentantenhaus** mit seinen 435 Abgeordneten spiegelt dagegen die regionale Verteilung der Bevölkerung wider. Alle zwei Jahre werden die Abgeordneten des Repräsentantenhauses nach dem Mehrheitswahlprinzip direkt gewählt. Gleichzeitig ist jeweils ein Drittel der Sitze im Senat für sechs Jahre neu zu besetzen. In der Gesetzgebung sind beide Häuser weitgehend gleichberechtigt. Gesetzesvorlagen müssen aus den Reihen der Kongressmitglieder eingebracht werden. Sie bedürfen der Zustimmung beider Häuser und werden anschließend dem Präsidenten zur Unterzeichnung zugeleitet. Legt der Präsident sein Veto gegen ein Gesetz ein, kann es nur von einer Zweidrittelmehrheit der Mitglieder beider Häuser überstimmt werden. (...)
Dem **Präsidenten** überträgt die Verfassung die höchste vollziehende Gewalt (Exekutive). Er ist zugleich Staatsoberhaupt, Regierungschef, Chef der Bundesverwaltung, militärischer Oberbefehlshaber und höchster Diplomat der USA. Er wird zusammen mit dem Vizepräsidenten der Form nach indirekt – durch Wahlmänner – für eine Amtszeit von vier Jahren gewählt und kann einmal wieder gewählt werden. Der Präsident ist allein der Verfassung, nicht dem Kongress verantwortlich. Er kann deshalb auch nicht durch ein Misstrauensvotum, sondern nur durch eine Amtsenthebung wegen krimineller Handlungen abgelöst werden. Umgekehrt hat er nicht das Recht, das Parlament aufzulösen.
Als unabhängige dritte Staatsgewalt ist in der amerikanischen Verfassung die Rechtsprechung (Judikative) verankert – an ihrer Spitze der **Oberste Gerichtshof** *(Supreme Court)*, der über verfassungsrechtliche Streitfälle und damit über die Auslegung der Verfassung entscheidet. Seine neun Richter werden vom Präsidenten mit Zustimmung des Senats auf Lebenszeit ernannt.

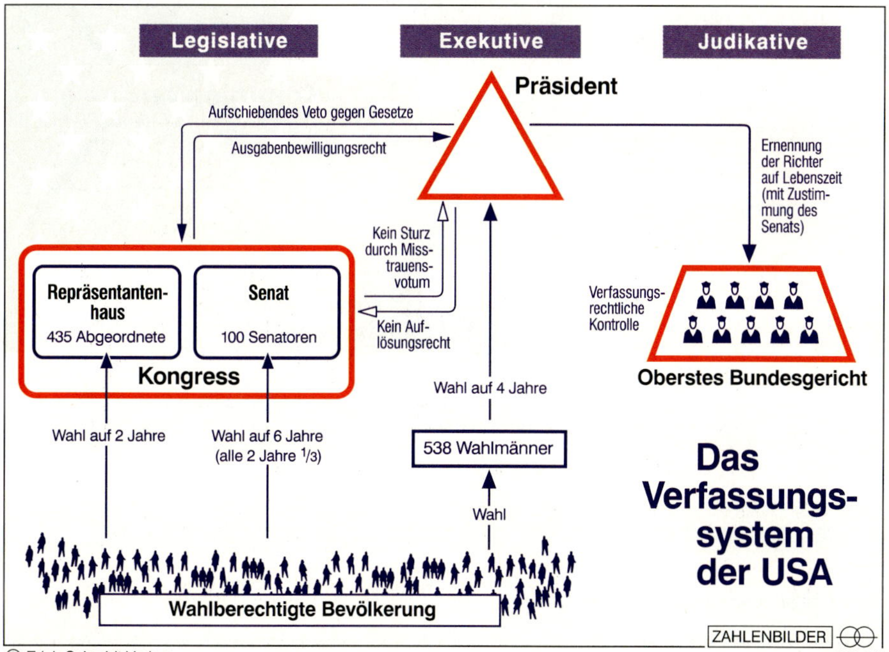

© Erich Schmidt Verlag
854 511

Leben wir irgendwann einmal in den Vereinigten Staaten von Europa, dann muss dieses Staatswesen auch ein politisches System bekommen, das für einen Bundesstaat geeignet ist.

1. Deutschland und die USA sind beides Bundesstaaten. Beide haben eine demokratische Verfassung und einen demokratischen Staatsaufbau. Die beiden Staatsaufbauten sind zu vergleichen.
   a) Wo lassen sich Gemeinsamkeiten finden?
   b) Wo gibt es Unterschiede?
2. Für die möglicherweise entstandenen Vereinigten Staaten von Europa soll ein Modell für einen demokratischen Bundesstaat entwickelt werden. Es bieten sich vier Möglichkeiten an:
   a) Übernahme des deutschen Modells
   b) Übernahme des amerikanischen Modells
   c) Eine Mischung aus beiden Modellen
   d) Entwurf eines eigenen Modells

Mehrere Gruppen erarbeiten jeweils ein Modell. Die Modelle werden jeweils auf einem Plakat dargestellt. Jede Gruppe muss ihr Ergebnis begründen.
Übrigens: Es ließe sich auch ein Modell für die Vereinigten Staaten der Welt entwickeln.

1. Mind Map

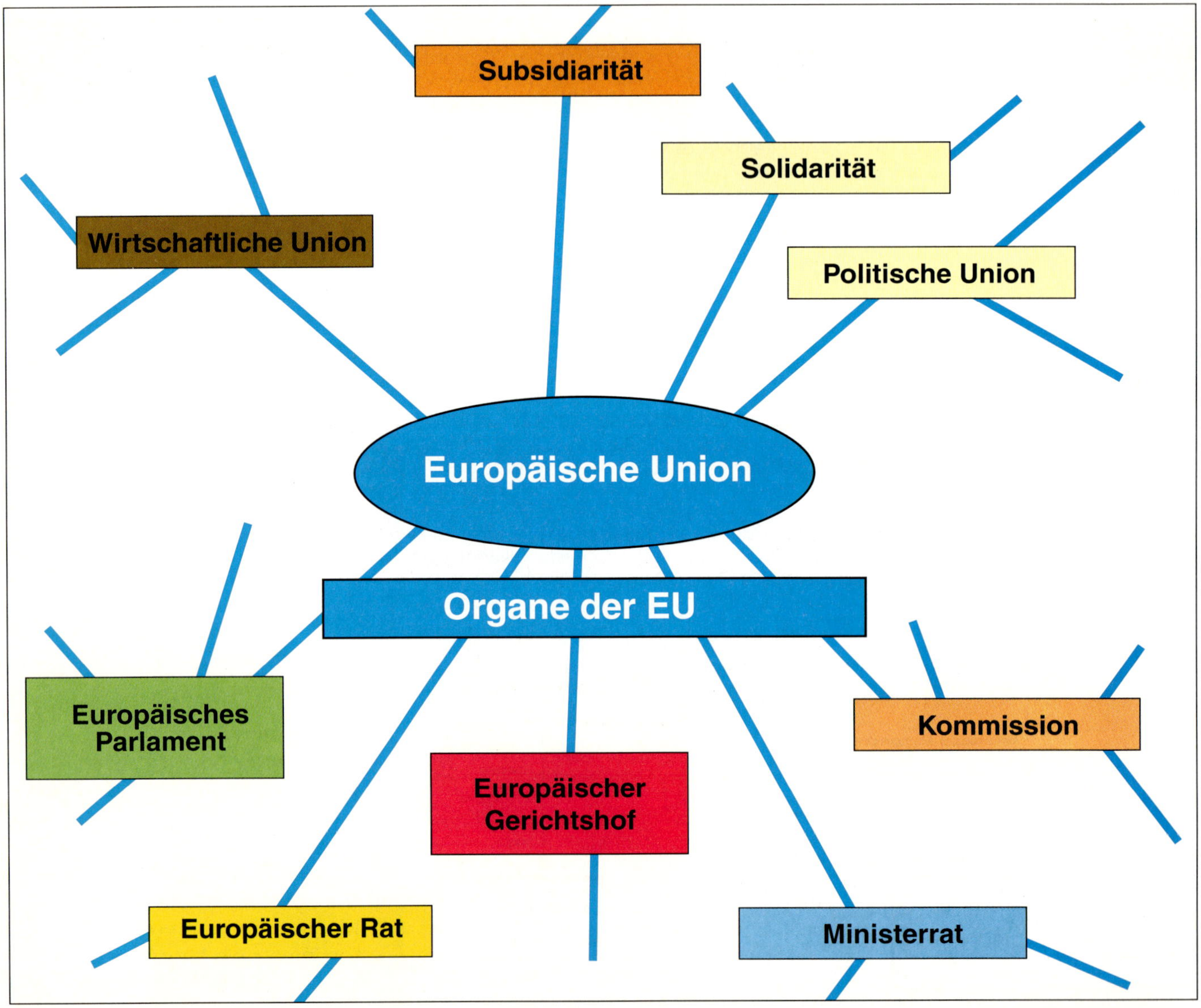

1. Mit der EU verbinden wir viele weitere Begriffe. Diese Begriffe werden erklärt und / oder mit weiteren Begriffen verbunden. So entsteht eine persönliche Mind Map.
2. Die Mind Map dient als Vorlage für einen kurzen Vortrag. Mithilfe einer Nummerierung sollte eine Reihenfolge festgelegt werden, die sinnvolle Übergänge anbietet.
3. Der Vortrag soll einige Male „im Kopf" gehalten werden, dann vor der Klasse.

2. Europäischer Institutionen-Dschungel

bank – Euro – Ge – hof – hof – Kom – la – ment – Mini – mis – nungs – paeischer – Par – Rat – rat – Rech – richts – sion – ster – tral – Zen

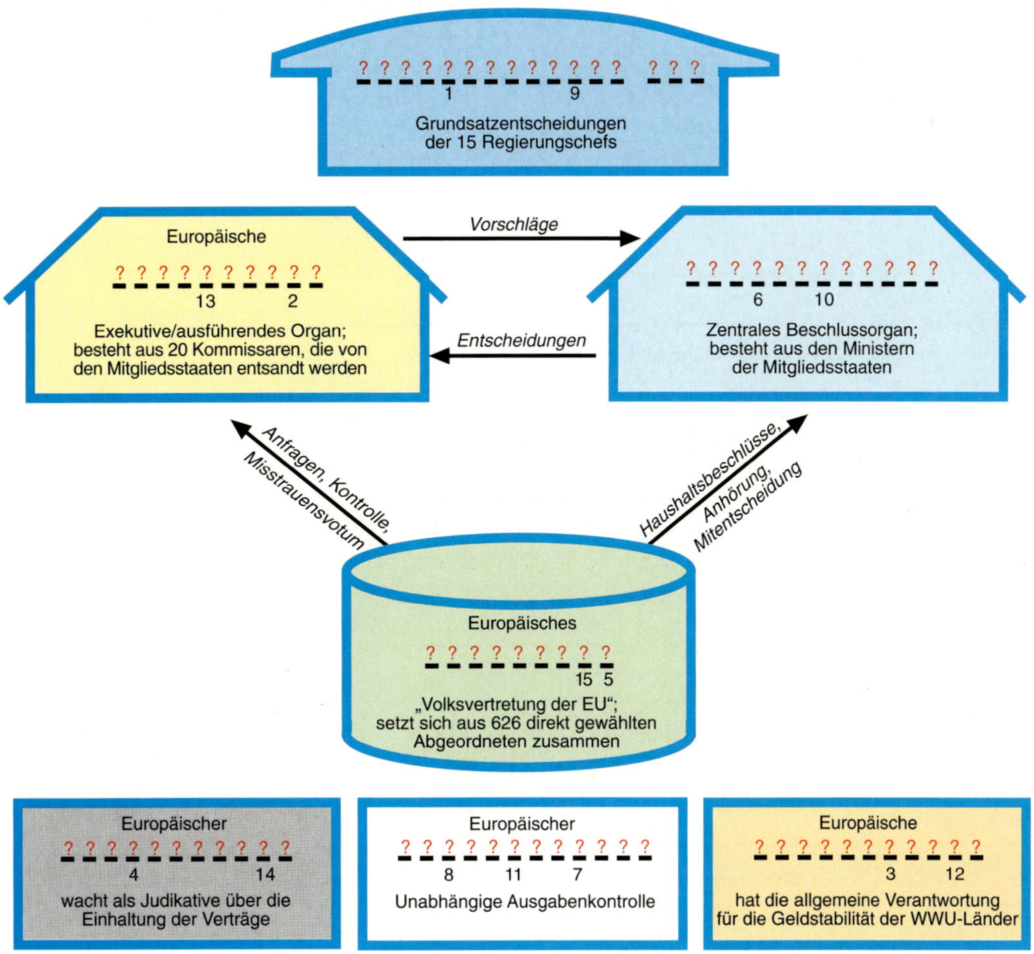

Eine Zielsetzung, die im Vertrag von Maastricht festgelegt worden ist:

?	?	?	?	?	?	?	?	?	?		?	?	?	?	?
1	2	3	4	5	6	7	8	9	10		11	12	13	14	15

(Quelle: Rätselhafte Politik, LpB Baden – Württemberg 1999, Seite 82)

3. Selbsteinschätzung: Europäer – ja oder nein? – oder – sowohl als auch?

Nr.	Behauptungen	dafür	dagegen
1	Die EU sollte sich auf eine gemeinsame Hauptstadt, z. B. Brügge, einigen.		
2	An allen Schulen innerhalb der EU sollte nur noch in Englisch unterrichtet werden.		
3	Es sollte nur noch einheitliche europäische Autokennzeichen geben.		
4	In der EU sollte es ein Parlament geben, das für alle EU-Bürger entscheidet.		
5	Innerhalb der EU sollte es eine Bundesregierung mit einem Bundeskanzler geben.		
6	Im Ausland sollten alle Bürger der EU sagen, sie seien Europäer.		
7	Die EU sollte nach Osten erweitert werden, sodass Polen, Lettland, Estland, Litauen und Russland dazugehören.		
8	Baden-Württemberg sollte aufgeteilt werden. Baden schließt sich mit dem Elsass zusammen und Württemberg mit Bayern.		
9	Zukünftig tritt bei der Europameisterschaft im Fußball nur noch eine Mannschaft der EU an.		
10	Bei der Fußball-WM tritt nur eine Mannschaft der EU an.		
11	Zukünftig gibt es nur noch eine europäische Nationalhymne.		
12	Jeder Schüler sollte in der 9. Klasse in einem anderen Land innerhalb der EU zur Schule gehen.		
13	Es sollte auch in der EU der Dollar eingeführt werden. Ziel ist es, eine Weltwährung zu haben.		
14	Alle Länder Europas sollten sich sofort zu den Vereinigten Staaten von Europa zusammenschließen.		

Nach dieser Selbsteinschätzung kann ich von mir behaupten und begründen:
a) Ich bin ein europäisch denkender Mensch!
b) Ich bin kein europäisch denkender Mensch!
c) Ich bin ein europäisch denkender Mensch, aber nicht um jeden Preis!

4. Euro-Test

	Erfahrung						Wissen					
	Verwandte	Freunde	Besuch	Sprache	Produkte	Dort könnte ich leben	Hauptstadt	Währung	Regierung	Stars	Bevölkerung	Fläche
1 Deutschland												
2 Frankreich												
3 Italien												
4 Belgien												
5 Niederlande												
6 Luxemburg												
7 Großbritannien												
8 Irland												
9 Dänemark												
10 Griechenland												
11 Spanien												
12 Portugal												
13 Österreich												
14 Schweden												
15 Finnland												
16 Türkei												
17 Schweiz												
18 Norwegen												
19 Polen												
20 Tschechien												
21 Slowakei												
22 Ungarn												
23 Rumänien												
24 Bulgarien												
25 Island												
26 Malta												
27 Kroatien												
28 Slowenien												
29 Bosnien-Herzegowina												
30 Serbien												
31 Mazedonien												
32 Estland												
33 Lettland												
34 Litauen												
35 Russland												
36 Weißrussland												
37 Moldawien												
38 Zypern												

1. In welchen Ländern Europas sind meine Erfahrungen am größten? Gründe für diese Tatsache:
2. Von welchem Land Europas weiß ich am wenigsten? Gründe für diese Tatsache:
3. Ein Land Europas (mit Ausnahme von Deutschland) aussuchen und für dieses Land alle Fragen beantworten können. (Natürlich lassen sich die Rubriken Verwandte, Freunde und Besuch möglicherweise nicht beantworten.)
4. Dieses Land soll der Klasse vorgestellt werden.

Grundgesetz für die Bundesrepublik Deutschland in Auszügen

Präambel

Im Bewusstsein seiner Verantwortung vor Gott und den Menschen, von dem Willen beseelt, als gleichberechtigtes Glied in einem vereinten Europa dem Frieden der Welt zu dienen, hat sich das Deutsche Volk kraft seiner verfassungsgebenden Gewalt dieses Grundgesetz gegeben. Die Deutschen in den Ländern Baden-Württemberg, Bayern, Berlin, Brandenburg, Bremen, Hamburg, Hessen, Mecklenburg-Vorpommern, Niedersachsen, Nordrhein-Westfalen, Rheinland-Pfalz, Saarland, Sachsen, Sachsen-Anhalt, Schleswig-Holstein und Thüringen haben in freier Selbstbestimmung die Einheit und Freiheit Deutschlands vollendet. Damit gilt dieses Grundgesetz für das gesamte Deutsche Volk.

Die Grundrechte

Artikel 1 (Menschenwürde; Grundrechtsbindung der staatlichen Gewalt)
(1) Die Würde des Menschen ist unantastbar. Sie zu achten und zu schützen ist Verpflichtung aller staatlichen Gewalt.
(2) Das Deutsche Volk bekennt sich darum zu unverletzlichen und unveräußerlichen Menschenrechten als Grundlage jeder menschlichen Gemeinschaft, des Friedens und der Gerechtigkeit in der Welt.
(3) Die nachfolgenden Grundrechte binden Gesetzgebung, vollziehende Gewalt und Rechtsprechung als unmittelbar geltendes Recht.

Artikel 2 (Allgemeine Handlungsfreiheit; Freiheit der Person; Recht auf Leben)
(1) Jeder hat das Recht auf die freie Entfaltung seiner Persönlichkeit, soweit er nicht die Rechte anderer verletzt und nicht gegen die verfassungsmäßige Ordnung oder das Sittengesetz verstößt.
(2) Jeder hat das Recht auf Leben und körperliche Unversehrtheit. Die Freiheit der Person ist unverletzlich. In diese Rechte darf nur aufgrund eines Gesetzes eingegriffen werden.

Artikel 3 (Gleichheit vor dem Gesetz; Gleichberechtigung von Männern und Frauen; Diskriminierungsverbote)
(1) Alle Menschen sind vor dem Gesetz gleich.
(2) Männer und Frauen sind gleichberechtigt. Der Staat fördert die tatsächliche Durchsetzung der Gleichberechtigung von Frauen und Männern und wirkt auf die Beseitigung bestehender Nachteile hin.
(3) Niemand darf wegen seines Geschlechtes, seiner Abstammung, seiner Rasse, seiner Sprache, seiner Heimat und Herkunft, seines Glaubens, seiner religiösen oder politischen Anschauungen benachteiligt oder bevorzugt werden. Niemand darf wegen seiner Behinderung benachteiligt werden.

Artikel 4 (Glaubens-, Gewissens- und Bekenntnisfreiheit)
(1) Die Freiheit des Glaubens, des Gewissens und die Freiheit des religiösen und weltanschaulichen Bekenntnisses sind unverletzlich.
(2) Die ungestörte Religionsausübung wird gewährleistet.
(3) Niemand darf gegen sein Gewissen zum Kriegsdienst mit der Waffe gezwungen werden. (...)

Artikel 5 (Meinungs-, Informations-, Pressefreiheit; Kunst und Wissenschaft)
(1) Jeder hat das Recht, seine Meinung in Wort, Schrift und Bild frei zu äußern und zu verbreiten und sich aus allgemein zugänglichen Quellen ungehindert zu unterrichten. Die Pressefreiheit und die Freiheit der Berichterstattung durch Rundfunk und Film werden gewährleistet. Eine Zensur findet nicht statt. (...)

Artikel 6 (Ehe und Familie; nichteheliche Kinder)
(1) Ehe und Familie stehen unter dem besonderen Schutze der staatlichen Ordnung.
(2) Pflege und Erziehung der Kinder sind das natürliche Recht der Eltern und die zuvörderst ihnen obliegende Pflicht. Über ihre Betätigung wacht die staatliche Gemeinschaft.

Artikel 7 (Schulwesen)
(1) Das gesamte Schulwesen steht unter der Aufsicht des Staates.
(2) Die Erziehungsberechtigten haben das Recht, über die Teilnahme des Kindes am Religionsunterricht zu bestimmen.

Artikel 8 (Versammlungsfreiheit)
(1) Alle Deutschen haben das Recht, sich ohne Anmeldung oder Erlaubnis friedlich und ohne Waffen zu versammeln.

Artikel 9 (Vereinigungs-, Koalitionsfreiheit)
(1) Alle Deutschen haben das Recht, Vereine und Gesellschaften zu bilden.
(...)

Artikel 10 (Brief-, Post- und Fernmeldegeheimnis)
(1) Das Briefgeheimnis sowie das Post- und Fernmeldegeheimnis sind unverletzlich.
(...)

Artikel 11 (Freizügigkeit)
(1) Alle Deutschen genießen Freizügigkeit im ganzen Bundesgebiet.
(...)

Artikel 12 (Berufsfreiheit, Verbot der Zwangsarbeit)
(1) Alle Deutschen haben das Recht, Beruf, Arbeitsplatz und Ausbildungsstätte frei zu wählen (...)
(2) Niemand darf zu einer bestimmten Arbeit gezwungen werden, außer im Rahmen einer herkömmlichen, allgemeinen, für alle gleichen öffentlichen Dienstleistungspflicht.
(...)

Artikel 12a (Wehr- und Dienstpflicht)
(1) Männer können vom vollendeten achtzehnten Lebensjahr an zum Dienst in den Streitkräften, im Bundesgrenzschutz oder in einem Zivilschutzverband verpflichtet werden.
(2) Wer aus Gewissensgründen den Kriegsdienst mit der Waffe verweigert, kann zu einem Ersatzdienst verpflichtet werden. (...)
(...)
(4) (...) Sie (Frauen) dürfen auf keinen Fall zum Dienst mit der Waffe verpflichtet werden. (...)

Artikel 13 (Unverletzlichkeit der Wohnung)
(1) Die Wohnung ist unverletzlich.
(2) Durchsuchungen dürfen nur durch den Richter, bei Gefahr im Verzuge auch durch die in den Gesetzen vorgesehenen anderen Organe angeordnet und nur in der dort vorgeschriebenen Form durchgeführt werden.
(...)

Artikel 14 (Eigentum, Erbrecht, Enteignung)
(1) Das Eigentum und das Erbrecht werden gewährleistet.
(2) Eigentum verpflichtet. Sein Gebrauch soll zugleich dem Wohle der Allgemeinheit dienen.
(...)

Artikel 16 (Staatsangehörigkeit)
(1) Die deutsche Staatsangehörigkeit darf nicht entzogen werden. (...)
(2) Kein Deutscher darf an das Ausland ausgeliefert werden.

Artikel 16a (Asylrecht)
(1) Politisch Verfolgte genießen Asylrecht.
(...)

Artikel 18 (Verwirkung von Grundrechten)
Wer die Freiheit der Meinungsäußerung, insbesondere die Pressefreiheit (Artikel 5 Abs. 1), die Lehrfreiheit (Artikel 5 Abs. 3), die Versammlungsfreiheit (Artikel 8), die Vereinigungsfreiheit (Artikel 9), das Brief-, Post- und Fernmeldegeheimnis (Artikel 10), das Eigentum (Artikel 14) oder das Asylrecht (Artikel 16a) zum Kampfe gegen die freiheitliche demokratische Grundordnung missbraucht, verwirkt diese Grundrechte. Die Verwirkung und ihr Ausmaß werden durch das Bundesverfassungsgericht ausgesprochen.

Artikel 20 (Grundlagen staatlicher Ordnung, Widerstandsrecht)
(1) Die Bundesrepublik Deutschland ist ein demokratischer und sozialer Bundesstaat.
(2) Alle Staatsgewalt geht vom Volke aus. Sie wird vom Volke in Wahlen und Abstimmungen und durch besondere Organe der Gesetzgebung, der vollziehenden Gewalt und der Rechtsprechung ausgeübt.
(3) Die Gesetzgebung ist an die verfassungsmäßige Ordnung, die vollziehende Gewalt und die Rechtsprechung sind an Gesetz und Recht gebunden.
(4) Gegen jeden, der es unternimmt, diese Ordnung zu beseitigen, haben alle Deutschen das Recht zum Widerstand, wenn andere Abhilfe nicht möglich ist.

Deutschland-Karte

Europa-Karte

Welt-Karte

Alaska
(Bundesstaat der USA)
Kanada
Vereinigte Staaten (USA)
Atlant
Mexiko
Kuba
Haiti
Jamaika
Dominik. Rep.
Belize
Honduras
Guatemala
El Salvador
Nicaragua
Costa Rica
Panamá
Venezuela
Guyana
Suriname
Franz. Gu
Kolumbien
Ecuador
Pazifischer
Peru
Brasilien
Bolivien
Paraguay
Ozean
Chile
Uruguay
Argentinien
0
3000 km

Grönland (mit Dänemark assoziiert)
Island
Groß-britannien
Irland
Russland
Kasachstan
Mongolei
China
Nord-korea
Süd-korea
Japan
Usbekis-tan
Kirgisis-tan
Tadschikis-tan
Turkmenis-tan
Aser-baid-schan
Georgien
Arme-nien
Türkei
Syrien
Libanon
Israel
Jorda-nien
Irak
Iran
Afghanis-tan
Pakistan
Kuwait
Bahrain
Katar
V.A.E.
Oman
Saudi-Arabien
Jemen
Nepal
Bhutan
Bangla-desch
Indien
Sri Lanka
Myanmar (Birma)
Laos
Thai-land
Vietnam
Kam-bodscha
Taiwan
Philippinen
Brunei
Malaysia
Indonesien
Australien
Mittel-meer
Marokko
Algerien
Tunesien
Libyen
Ägypten
Sahara
Mauretanien
Mali
Niger
Tschad
Sudan
Eritrea
Dschibuti
Senegal
Gambia
Guinea-Bissau
Guinea
Sierra Leone
Liberia
Burkina Faso
Elfen-bein-küste
Ghana
Togo
Benin
Nigeria
Kame-run
Zentralafr. Rep.
Äthiopien
Somalia
Äquatorial-Guinea
Ga-bun
Kongo
D.R. Kongo (Zaire)
Uganda
Kenia
Ruanda
Burundi
Tansania
Angola
Sambia
Malawi
Sim-babwe
Mosambik
Madagaskar
Namibia
Botsu-ana
Swasiland
Lesotho
Südafrika
Ozean
Indischer Ozean
1 = Portugal
2 = Spanien
3 = Frankreich
4 = Belgien
5 = Niederlande
6 = Deutschland
7 = Luxemburg
8 = Schweiz
9 = Tschech. Republik
10 = Österreich
11 = Italien
12 = Kroatien
13 = Bosnien u. Herzegowina
14 = Jugoslawien
15 = Albanien
16 = Makedonien
17 = Griechenland
18 = Bulgarien
19 = Rumänien
20 = Moldawien
21 = Ungarn
22 = Slowakei
23 = Polen
24 = Ukraine
25 = Weißrussland
26 = Litauen
27 = zu Russland
28 = Lettland
29 = Estland
30 = Finnland
31 = Schweden
32 = Norwegen
33 = Dänemark

Internetadressen für den Gemeinschaftskundeunterricht

Nachrichten

Aktuelle Nachrichten	http://www.ticker.de/
Deutsche Presseagentur	http://dpa.de

Datenbanken und Pressearchive

Datenbank des Deutschen Bundestags	http://www.bundestag.de/datbk/datbk.htm/
Dreißig-Tage-Archiv der Süddeutschen Zeitung	http://www.diz-muenchen.de/30tage.html/
Pressedatenbank	http://presse.com/
Deutschsprachige Zeitungen	http://www.paperball.de/
Statistische Daten	
Statistisches Bundesamt	http://www.statistik-bund.de/
Bundesanstalt für Arbeit	http://arbeitsamt.de/
Deutsches Institut für Wirtschaftsforschung	http://www.diw-berlin.de/

Informationen zur Landespolitik

Baden-Württemberg	http://www.baden-wuerttemberg.de/
Landtag Baden-Württemberg	http://www.landtag-bw.de/
Jugendgemeinderäte in Baden-Württemberg	http://www.jugendgemeinderat.de/
Politik-Info für Jugendliche	www.politik-a.de/

Informationen zu Staatsorganen

Bundeskanzler	http://www.bundeskanzler.de/
Bundespräsident	http://www.bundespraesident.de/
Bundesregierung	http://www.bundesregierung.de/
Deutscher Bundestag	http://www.bundestag.de/
Bundesrat	http://www.bundesrat.de/

Informationen zu einzelnen politischen Parteien

CDU	http://www.cdu.de/
CSU	http://www.csu.de/
SPD	http://www.spd.de/
FDP	http://www.fdp.de/
Bündnis90/DieGrünen	http://www.gruene.de/
PDS	http://www.pds-online.de/

Bundesämter

Bundesamt für Verfassungschutz	http://www.verfassungsschutz.de/
Bundeskriminalamt	http://www.bka.de/
Umweltbundesamt	http://www.umweltbundesamt.de/

Informationen zur Europapolitik

Europäische Union	http://europa.eu.int/
Eurobarometer (ZEUS)	http://zeus3.sowi.uni-mannheim.de/
Europa und Föderalismus	http://www.euregio.net/deutsch/europa/index.html/

Informationen zur internationalen Politik

Allgemeine Informationen	http://www.oneworld.org/
Entwicklungspolitik	http://www.epo.de/
The White House (englisch)	http://www.whitehouse.gov/
NATO (englisch)	http://www.nato.int/
OECD	http://www.oecd.org/
OSZE (englisch)	http://www.fsk.ethz.ch/osze/
UNICEF	http://www.unicef.org/
Vereinte Nationen (UN)	http://www.un.org/

Informationen zu Verbänden und Organisationen

amnesty international	http://amnesty.de/
BUND	http://www.bund.net/
Arbeitgeberverbände (BDA)	http://www.bda-online.de/
Deutscher Gewerkschaftsbund (DGB)	http://www.dgb.de/
Deutscher Naturschutzring (DNR)	http://www.dnr.de/
Deutscher Städtetag	http://www.staedtetag.de/
Greenpeace International	http://www.greenpeace.org/

Informationen zu weiteren Themenbereichen

Bevölkerungsentwicklung	http://ilsebill.biologie.uni-freiburg.de/cgi-bin/worldpop/
Friedenspädagogik	http://www.friedenspaedagogik.de/
Jugend (Shell-Jugendstudie)	http://www.deutsche-shell.de/journa/pi_1597.htm/
Datennetze und Politik	http://www.thur.de/ulf/politik/
Medienkompetenz	http://www.universum.de/medienkompetenz/
Holocaust	http://machno.hbi-stuttgart.de/shoanet/shoan.htm/
Sozialstrukturforschung	http://sun1.rrzn.uni-hannover.de/agis/
Zukunftsfähigkeit der Welt	http://www.learn-line.nrw.de/Themen/

Prüfungswissen

Wissensfragen zum Thema Demokratie

1. FDGO bedeutet?
2. Warum spielen die Grundrechte bei uns eine wichtige Rolle?
3. Der Wortlaut des Artikel 1 (1) GG lautet?
4. Engagement bedeutet?
5. Was versteht man unter dem Begriff Bürgergesellschaft?
6. Mehrheitsprinzip bedeutet?
7. Minderheitenschutz verlangt?
8. Gleichberechtigung bedeutet?
9. Welche Parteien sind zurzeit im Bundestag vertreten?
10. Aufgaben der Parteien sind?
11. Der Unterschied zwischen Koalition und Opposition?
12. Unterschiede zwischen einem Verein, einer Bürgerinitiative und einem Verband sind?
13. Warum schließen sich Menschen in Vereinen, Bürgerinitiativen und Verbänden zusammen?
14. Streitbare Demokratie bedeutet?
15. Ziele extremistischer Gruppierungen?
16. Informationsgesellschaft heißt?
17. Was versteht man unter dem Begriff Massenmedien?
18. Was versteht man unter dem Begriff 4. Gewalt?
19. KUBIK bedeutet?
20. Erkläre die Begriffe Pressefreiheit, Meinungsfreiheit und Sensationsjournalismus.
21. Medien sind abhängig von der Quote, weil ...
22. Infomapping bedeutet?

Problemfragen zum Thema Demokratie

1. Demokratie und Diktatur unterscheiden sich!
2. Für die Demokratie spricht ...
3. Gibt es eine andere Staatsform als die Demokratie, die auch Volksherrschaft garantiert?
4. „Viele Köche verderben den Brei", sagt man. Wäre es da nicht besser, den Politikern die Entscheidungen zu überlassen?
5. Angenommen bei einer Bürgermeisterwahl gehen nur 55% der Wahlberechtigten zur Wahl. Bei der Wahl erhält ein Kandidat 51% der abgegebenen Stimmen. Ist das eine demokratische Entscheidung?
6. Es soll ein Gesetz erlassen werden: In Zeiten hoher Arbeitslosigkeit soll pro Haushalt nur eine Person arbeiten. Das ist in der Regel der Mann. Könnte ein solches Gesetz in Deutschland Wirklichkeit werden?
7. Demokratie ohne Opposition – undenkbar?
8. Eine Jugendgruppe möchte einen Jugendraum einrichten. Ist das eine Form von politischem Engagement?
9. „Demokratie darf nicht durch Springerstiefel zertreten werden", deshalb ...
10. Und wer kontrolliert die 4. Gewalt?
11. Wäre eine 5. Gewalt denkbar?

Bewertungsfragen zum Thema Demokratie

1. Ich könnte mir vorstellen unter folgenden Voraussetzungen in einer anderen Staatsform als der Demokratie zu leben: ...
2. Von einer Bürgergesellschaft im Jahr 2050 erwarte ich ...
3. Das Internet bietet die Möglichkeit viele Menschen abstimmen zu lassen. Wäre es nicht sinnvoll, zukünftig alle Wahlen per Internet durchzuführen?
4. Die Gleichstellung von Mann und Frau ist schon erreicht! Oder?
5. „Wenn du dich nicht entscheidest, verlasse ich dich!" Deine Demokratie!
6. Extremistische Parteien sollten verboten werden – oder nicht?
7. Pressefreiheit bedeutet das Recht über alles, was auf dieser Welt geschieht, frei und ungehindert berichten zu dürfen!
8. Sensationsjournalismus verletzt oft auch die Menschenwürde. Deshalb sollten die Massenmedien darauf verzichten, solche Berichte zu veröffentlichen!
9. In der Shell-Jugendstudie 2000 wird behauptet, dass Jugendliche zunehmend die Parteien links liegen lassen, weil die Jugendlichen meinen, die Parteien hätten nichts mit ihrem gegenwärtigen und zukünftigen Leben zu tun. Nimm dazu Stellung!

Wissensfragen zum Thema Europa

1. Die drei Säulen des Vertrages von Maastricht?
2. Europa verdankt seinen Namen ...?
3. Unter Binnenmarkt wird verstanden?
4. Die vier Freiheiten des Binnenmarktes?
5. Merkmale eines Staatenbundes?
6. Merkmale eines Bundesstaates?
7. Baden-Württemberg – eine europäische Region?
8. In welchen Bereichen ist eine europäische Zusammenarbeit geboten?
9. GASP bedeutet?
10. Außenpolitische Aspekte der GASP?
11. Sicherheitspolitische Aspekte der GASP?
12. Die Mitgliedsstaaten der EU?
13. Seit 1951 befindet sich Europa in einem ständigen Kooperations- und Integrationsprozess ...
14. Die Ziele der EWG und der EU?
15. Die Organe der EU?
16. Weitere Institutionen, die die Organe der EU unterstützen?
17. Die Aufgaben der einzelnen Organe der EU?
18. Welche Organe haben die Funktion der Legislative und der Exekutive innerhalb der EU?
19. Die Aufgaben des Europäischen Gerichtshofes sind?
20. Das Subsidiaritätsprinzip besagt?
21. Solidarität bedeutet?
22. Unter welchen Bedingungen kann ein Staat Mitglied in der EU werden?

Prüfungswissen

Problemfragen zum Thema Europa

1. Die wirtschaftliche Zusammenarbeit innerhalb der EU hat sich bewährt. Aber im Sinne des Vertrages von Maastricht bedarf es mehr: ...
2. Kann man bei der EU von einem Staatenbund oder von einem Bundesstaat sprechen?
3. Im Jahr 2050 werden folgende Staaten der EU beigetreten sein: ... Begründe!
4. Behauptung: Im Sinne der GASP müsste es eine europäische Armee und einen europäischen Außenminister geben.
5. Europas Juristen denken national, die organisierte Kriminalität handelt international. Wie müsste die EU reagieren?
6. Welche Aufgaben sollten die einzelnen Mitgliedsstaaten der EU selbst regeln, welche Aufgaben gilt es gemeinsam zu regeln?
7. Was müsste sich ändern um beim Europäischen Parlament wirklich von der Legislative sprechen zu können?
8. Auf allen Autobahnen innerhalb der EU sollen nur max. 100 Stundenkilometer gefahren werden dürfen. Welche Organe müssen wie mitwirken um eine solche Richtlinie zu erlassen?
9. Was bedeutet diese Formel:
   $6 + 3 + 1 + 2 + (4 - 1)$?
10. Was ist typisch europäisch?

Bewertungsfragen zum Thema Europa

1. Eigentlich sollten alle Staaten Europas Mitglied in der EU sein!?
2. Sinnvoll wäre es, sich auf Englisch als Umgangssprache zu einigen!?
3. Eine Erweiterung der EU könnte zu wirtschaftlichen, politischen und sozialen Spannungen führen, deshalb ...
4. Meine Eurovision für das Jahr 2050 ...
5. Sinnvoll wäre ein europäisches Staatsoberhaupt, das die EU vertritt. Sollte dies ein gewählter Bürger oder ein König sein?
6. Johannes Rau: „Es kommt nicht auf die Herkunft des Einzelnen an, sondern darauf, dass wir gemeinsam die Zukunft gewinnen." Nimm dazu Stellung!
7. Wäre es nicht sinnvoll, gleich für einen Zusammenschluss aller Länder dieser Erde zu kämpfen?
8. Verstehe ich mich als Deutscher oder als Europäer? Und warum?
9. In folgenden Ländern Europas könnte ich mir vorstellen:
   a) zu leben b) zu arbeiten c) meinen Urlaub zu verbringen. Begründe.
10. Europa bürgernah – Europa bürokratisch – Europa undurchschaubar? Argumente für die jeweilige Sichtweise.
11. Als Europaabgeordneter würde ich mich für folgende drei Belange einsetzen: ...

Register

Ausgewiesen sind die Seiten, auf denen zentrale Informationen zum jeweiligen Begriff zu finden sind. Schlüsselbegriffe sind farbig gedruckt.

Bild-quellen-verzeichnis

ADAC: S. 18/Nr. 7; Anthony: S. 12 r. o., S. 18/Nr. 2, S. 22 M. o., S. 23/kl. Abb. (Weich), S. 36 o. l. und M., S. 89; AP: S. 41 l.; Holger Appenzeller: S. 6; Archiv für Kunst und Geschichte, Berlin: S: 58; Bavaria: S. 56/57 (TCL), S. 88 (Mittermeier); Bildarchiv Preußischer Kulturbesitz: S. 40; Bongarts: S. 18/Nr. 6 (Mark Sandten); Bundesbildstelle: S. 9 r. o., S. 15, S. 22 r. o. und M. M. (Reineke), S. 31 l./7, S. 66, S. 68 o. M., S. 82 o. l. (Kühler); Cartoon Caricature Contor: S. 11 M. (Burkhard Mohr), S. 25 o. r. (Jules Stauber) und u. l. (Renate Alf), S. 47 o. l. (Tex Rubinowitz), S. 71/3 (Horst Haitzinger), S. 74 u. r. (Horst Haitzinger), S. 75 M. (Walter Hanel), S. 91 r. o. und u. (Horst Haitzinger); dpa: S. 9 l. o. und M., S. 18/Nr. 1, Nr. 3 (Frank May) und Nr. 4, S. 20/2, S. 22 l. o. (Frank May) und M. u., S. 23/gr. Abb. (Schmidt), S. 28 u. M., S. 20 o. l. (Ferdinand Ostrop) und r. (Oliver Berg) und M. (Franz-Peter Tschauner), S. 34 M. und u., S. 35 o. (Paul J. Richards) und u. (Tim Brakemeier), S. 36 o. r. und M. l. (Boris Roessler), S. 37 o. (Carsten Rehder), S. 39 (Ingo Röhrbein), S. 41 r., S. 44 (Ferdinand Ostrop), S. 45 (Carsten Rehder), S. 57 r. M., S. 62/2, S. 64, S. 68 M. (2. Abb. von o.), S. 81 M. l., S. 83 u.; Jochen Eckel/DDP: S. 37 u.; Europäische Kommission/Vertretung in der BRD, Berlin: S. 63, S. 68 M. (2. Abb. von u.), S. 69, S. 79 o. l., S. 82 o. r.; Europäisches Parlament/Informationsbüro für Deutschland, Berlin: S. 83 o.; foto present: S. 18/Nr. 5, Nr. 8 und Nr. 9; Burkhard Fritsche: S. 47 u.; Globus: S. 31 r., S. 86 o. l.; S. Hamberger/Gesellschaft für ökologische Forschung/Greenpeace; S. 73; © Harenberg: S. 102, S. 103; IFA: S. 18/Nr. 10, S. 22 r. M. (Hunter), S. 86 r./obere Bildhälfte; Peter Leger/Haus der Geschichte, Bonn: S. 74 u. l., S. 91 o. l.; Peter Philips: S. 92; Picture Press: S. 7; Günter Schlottmann, Paderborn: S. 12 M./2, S. 54; Norbert Simianer, Ostfildern: S. 22 l. M.; DER SPIEGEL: S. 56 l. o.; Süddeutscher Verlag/Bilderdienst: S. 67; Ullstein Bilderdienst: S. 81 o.; Ungeheuer & Ulmer Verlag: S. 42 o.; UTUSAN PIX/Z. Sheblee: S. 34 o.; Volksbund Deutsche Kriegsgräberfürsorge: S. 80; WDR: S. 56 l. u.; Jupp Wolter: S. 11 u.; Zahlenbilder/Erich Schmidt Verlag: S. 74 o., S. 75 u., S. 94, S. 95; ZEFA: S. 86 r./untere Bildhälfte; weitere: Verlagsarchiv Schöningh.

Sollte trotz aller Bemühungen um korrekte Urheberangaben ein Irrtum unterlaufen sein, bitten wir darum, sich mit dem Verlag in Verbindung zu setzen, damit wir eventuelle Korrekturen vornehmen können.